D0869394

LA PATIENCE DES TRACES

"Domaine français"

ISBN 978-2-330-15985-6

JEANNE BENAMEUR

La Patience
des traces

roman

ACTES SUD

Imiter le Chinois au cœur limpide et fin
De qui l'extase pure est de peindre la fin
Sur ses tasses de neige à la lune ravie
D'une bizarre fleur qui parfume sa vie
Transparente, la fleur qu'il a sentie, enfant,
Au filigrane bleu de l'âme se greffant.

STÉPHANE MALLARMÉ,
"Las de l'amer repos".

Simon est assis dans sa cuisine, seul. Il vient de ramasser les deux parties d'un vieux bol bleu. Une dans chaque main.

Le bol est tombé sans qu'il s'en rende compte. Il lui a échappé des mains.

Maintenant il regarde par la fenêtre. Les deux moitiés ne pèsent pas le même poids.

On peut jouer toute une vie sur quelque chose de brisé. Il en sait quelque chose.

Il abaisse son regard sur la faïence bleue. Le bol a gardé en empreinte des traces plus sombres malgré les lavages. Depuis si longtemps c'est son bol du matin. Celui du premier café. Quand tout dort encore dans la ville et que lui, déjà, veille.

Le bol des pensées qui se cherchent, pas encore arrimées à la journée. La pensée qui flotte, entre sommeil et éveil. La concentration dont il aura besoin qui prend naissance là. Dans cet entre-deux. Aucun nom encore dans la tête. Aucun cas précis. La couleur du ciel qui apparaît peu à peu, la sensation du froid ou du chaud sous la plante de ses pieds. C'est toujours le même bol entre ses mains, quelle que soit la saison.

Et lui qui songe. Sa liberté du matin.

Après les heures s'enchaînent et les rendez-vous. Drôle de mot quand on y pense. Qui se rend ? et à quoi ? sur ce divan chacun prend le chemin qu'il peut. Et lui, dans son fauteuil, yeux mi-clos ou scrutateurs soudain, il écoute.

Il va partir. Quitter la ville qu'il aime depuis l'enfance.

Son doigt effleure le bord râpeux à l'endroit où la céramique a cédé, comme on caresse le sillon où le collier de l'animal domestique a comprimé le pelage. Il est grand temps. Il pense aux pieds bandés des Chinoises. C'est douloureux quand on laisse le sang circuler à nouveau paraît-il.

Pour la délivrance il faut toujours payer le prix.

Il remet les deux faces l'une contre l'autre. Voilà. C'est parfait. Le bol réapparaît. En apparence, rien ne manque. Mais lui, il connaît la cassure. Il suit des yeux la ligne qui prive désormais l'objet de son utilité. Ce n'est plus un bol. Rien que de la faïence brisée. Retournés à la matière, même les objets peuvent perdre leur sens.

Simon pose les deux morceaux sur la table de la cuisine puis il fait le geste de les tenir encore entre ses mains. Dans le vide. Le bout de ses doigts se rejoint autour d'une forme qui n'existe plus. Il pense aux mains qui se joignent pour prier. Il n'a jamais pu.

Il revoit alors une fleur délicate de bougainvillier, rose tendre, balayée par le vent sur une terrasse. C'était il y a des années et le souvenir est pourtant si vif. Il l'avait suivie du regard longtemps avant de la ramasser. Elle doit toujours être dans un de ses livres. Mais la couleur… Déjà sur la terrasse, sans le bleu cru du ciel en arrière-plan, elle perdait son éclat.

Il a tout mis en place pour partir. Depuis des mois il ne prend plus de nouveaux patients. Poursuivre la route avec quelques-uns, jusqu'au terme, les rendez-vous bloqués sur trois jours. Pour deux ou trois autres, indiquer des confrères. Maintenant ça touche à sa fin.

Il est libre. Presque. C'est dans le "presque" que tout se joue. Toujours.

Il suffit parfois d'un bol qui échappe. Ça va s'accélérer.

Il regarde ses mains.

Les mots, ça suffit.

Il a tenu assez longtemps la place de celui qui se tait pour permettre aux autres la parole. Lui, il a toujours cru au silence.

Il laisse ses doigts effleurer chacune des deux parties du bol. Deux choses singulières maintenant. À explorer séparément.

Adam et Ève.

Avant la chute, il les a toujours imaginés aimants, silencieux, tout à la joie sans alphabet du corps nu.

C'est si rare dans une vie.

Mais on ne sait pas s'en contenter, n'est-ce pas ? Non, il faut y mettre des mots. Et le paradis des corps silencieux et nus, c'est fini.

La pomme, c'est l'alphabet. Et on l'a tous mangée.

Simon sent remonter une vieille rage.

Le premier cri de celui qui vient au monde c'est la première trahison du silence. Et c'est parti...

C'est de ça dont on vient se guérir sur son divan ? Et lui, qui le guérira ?

S'il prend à nouveau chacune des deux parties du bol, qu'il les laisse tomber, volontairement cette fois, des fragments nouveaux, des formes nouvelles apparaîtront. La chute, c'est fertile. La rupture crée. Il en sait quelque chose, oui. Il est payé pour ça.

Et il en est fatigué.

Il a besoin de commencer un autre chemin.

Le langage comme mal et comme remède, il a arpenté.

Pourtant il croit toujours en la parole. Il aimerait mieux ne pas comme Bartleby. S'il était peintre ou musicien ce serait différent. Mais non, lui c'est le langage. Il hausse les épaules. A-t-il choisi ?

Peu à peu, il a appris à écouter chacun de ses patients comme on écoute un chant.

Un long poème balbutiant.

Lui seul pour en saisir le rythme. Avec pour unique outil le silence. Peu à peu il a appris à entendre quand quelque chose cherchait à venir, d'une séance à l'autre. Il a aidé au miracle laborieux du lien qui s'élabore.

Sentir qu'un patient commence à se dépouiller des faux-semblants, ça c'est quelque chose.

On entre dans sa propre histoire pieds nus, toujours.

Lui, il a été là pour ça. Humblement.

Les pierres sur le chemin, il n'avait pas le pouvoir de les écarter. Juste d'être là et d'accompagner la joie l'inquiétude la souffrance... tout le panel. Garder courage.

Parfois guider d'un mot, rarement une phrase.

Il a assisté, encore plus rarement, à quelques épiphanies. Quand la parole devient vraiment un acte. Le Verbe. Très rare.

Et toujours de séance en séance, sa présence tenue, garante que tout cela a bien lieu.

Il masse ses reins d'un geste familier. La douleur du dos pour lui rappeler qu'il est resté assis bien trop d'années, immobile.

Il n'aurait jamais pu faire autre chose.

C'est un jour à aller nager longtemps.

Il a l'horaire des marées en tête. Pas avant le début d'après-midi.

Il a le temps d'avancer dans le rangement de ses archives. Il voudrait avoir fini ça avant de partir. Une dernière tentative de mettre en ordre le temps ? Et pourquoi pas, après tout ?

Il jette un œil au ciel, au grand arbre sur la place dont le feuillage ne bouge pas. Pas de vent, pas de vague, c'est un jour à bien nager.

Que sa journée soit rythmée enfin par autre chose que des choses humaines !

Dépendre de l'horaire des marées pour organiser son temps, ça, il ne l'a jamais vécu comme une contrainte.

S'installer à Paris comme les confrères qu'il y retrouve une fois par mois pour leurs séminaires, non. Pourtant il y est né. Dans un coin tranquille du 9ᵉ arrondissement. Mais l'océan, c'est sa patrie choisie. C'était le lieu des vacances d'été. Et toute la ville, c'était son "Château de ma mère". La quitter était un crève-cœur à chaque rentrée. À dix ans, il s'était fait la promesse qu'il reviendrait, qu'il y vivrait tout son soûl, sans retour imposé. Il a toujours tenu ses promesses. Ou presque.

Il n'aime pas voyager. Ici jusqu'à ces derniers temps, il y avait suffisamment d'horizon pour lui.

Quand il était enfant il avait lu un petit roman policier, Bibliothèque verte, il ne se rappelle plus l'histoire mais seulement un personnage. Un vieux gentleman vénitien qui avait fait le vœu de ne jamais quitter sa ville. La Sérénissime. Comme il avait rêvé sur ce nom. Le vieux Vénitien y avait passé chacun de ses jours, chacune de ses nuits. Ce personnage l'avait fasciné. Décider de ne jamais sortir de sa ville. La trouver suffisante pour toute une vie. Une belle gageure.

Oui mais voilà il ne peut plus reculer. Il a tout seul lancé la machine. Maintenant il faut partir.

Il s'est installé dans cette maison parce qu'elle a une vue sur la petite place et qu'il aime voir les gens vaquer à leurs occupations quand lui ne fait rien. Ça l'aide à penser.

La maison n'a rien de particulier mais elle est pratique pour la vie qu'il y mène. Il a appris à l'aimer.

Parfois il a peur, s'il la quitte, de ne jamais revenir.

Après tout, qu'est-ce qui l'obligerait à rentrer ? Il y a beau temps que Louise et lui se sont séparés. Ils n'ont même pas eu le temps de faire un enfant. Pourtant il aurait aimé. Au fil des ans, même ce désir-là a lâché. Il n'aurait pas cru.

Il pose un torchon propre, blanc, sur les deux moitiés du bol, pour le protéger de quoi ? et monte dans "sa tour" s'attaquer au tri.

"Sa tour" personne n'y entre. Il y a son bureau en bas où il reçoit les patients mais il a toujours eu besoin d'un "deuxième bureau" pour réfléchir seul, sans toutes les paroles qui flottent bien après que les bouches se sont tues.

En poussant la porte en bois, arrondie, il courbe sa haute taille pour passer. La même phrase dans la tête, à chaque fois. Un vrai psychanalyste est humble parce que c'est l'homme des limites. L'humour a du bon.

Il sourit. Il est toujours d'accord.

Tout son supposé savoir est en creux, mais oui.

Le plein ce n'est pas pour lui.

Le plein c'est pour ceux qui se croient sûrs, ceux qui vivent et meurent sans trop de doute. Il n'a jamais pu les fréquenter.

Lui, il a été un psychanalyste honnête. Pas un faiseur de miracles.

Il s'assoit dans le vieux fauteuil en cuir, son fauteuil de "jeune homme", celui qu'il utilisait au début de sa carrière. Il l'avait choisi avec en tête sans doute des images romantiques de cabinets d'analystes ou d'écrivains. Il s'est rendu compte à la longue qu'il était trop profond, son corps n'y trouvait pas la bonne posture pour écouter. Soit trop en arrière et il entendait bien la musique des voix mais perdait sa vigilance. Soit le dos très droit pour garder la veille active et ses lombaires le faisaient souffrir.

Il avait changé de fauteuil et allongé ses marches sur les plages de l'île.

Il lève la tête.

Il y a l'aquarelle accrochée au mur, juste à hauteur de son regard. Naïve mais fine, délicate. Il reconnaît la terrasse, le ciel bleu dur, les bougainvilliers. Il la contemple une fois de plus.

Les agendas forment des piles. Certaines sont trop hautes et menacent de perdre l'équilibre. Il les regarde. Par où commencer.

Choisir ce qu'on garde et ce qui n'a plus besoin d'être gardé.

Il avait lu il y a longtemps *Les Gardiens du silence* de Claudie Cachard. Un beau titre. Il le relirait bien. Relire, c'est un luxe. Il va pouvoir se l'offrir.

Tant d'années de sa vie à écouter le mystère de toute vie. À s'en approcher.

Tant d'années pour accepter qu'au fond de toute clarté, l'opaque subsiste. C'est le plus difficile. Pour l'analysant comme pour l'analyste.

On lève une à une les choses tues qui bordent chaque enfance, on traverse les secrets inutiles, on peut à nouveau caresser une cicatrice. Et pour autant on n'a rien résolu. On se retrouve toujours devant le même mystère, le même pour tous, on n'y échappe pas.

Son métier, c'est pour ceux qui ne s'en débarrassent pas en invoquant Dieu ou quelque transcendance bien pratique. Il a été ce serviteur discret qui fait approcher l'énigme de vivre, en se sachant mortel, au plus près. Celui à qui on se confie pour accepter de faire le chemin jusqu'à l'inconnu.

Un Charon pour l'autre rive. Pas la mort encore, non. Juste la fin de la souffrance qui, un jour, a fait pousser la porte du cabinet de l'analyste ; et la venue à une rive d'où l'on voit la vie autrement. Vivable.

Mais c'est une fois cette étape franchie que l'énigme, la vraie, celle qu'on est seul à déchiffrer, vous attend. Qu'est-ce qui fait se lever chaque matin et affronter le jour, travailler, aimer alors qu'on sait que tout cela s'arrêtera. Forcément.

Lui, il aide à débroussailler la route. En plongeant dans les entrailles du familier, du répétitif, il a fait son travail. Tracé les limites du connu.

Reste alors l'inconnu.

C'est jusque-là qu'il a tenté d'accompagner chacun.

Juste derrière, les confins ignorés. Il aime les peintures chinoises anciennes. Chacun doit imaginer ce qui ne se laissera jamais dessiner. Il y a là autre chose, de plus vaste, qu'on ne voit pas.

C'est peut-être ça une analyse réussie après tout. Accepter, au plus profond de soi, qu'on est limité et que pourtant, il y a de l'infini. Inatteignable mais imaginable. I-ma-gi-nable. Elle est là, l'énigme. C'est celle du désir. Tout ce qu'on se cache ne retourne qu'à ce mystère bien plus grand.

Alors qui vive ? La sentinelle peut toujours appeler.

Tout ce qu'on se cache finalement ne retourne qu'à ce mystère bien plus grand.

Simon soupire.
Il faut juste laisser les vieilles mues tomber.

Le bleu ardent, sur la terrasse aux bougainvilliers, là-bas, s'estompait, passait au gris quand le soleil descendait derrière les montagnes. Après c'était la nuit, mais un autre bleu revenait, on ne savait comment. Un bleu foncé, chaud, inespéré. Comme ils avaient aimé contempler les miracles quotidiens de ce ciel.

Tout cela a continué tout pareil, sans eux.

Et lui, il a continué aussi. Des heures et des heures de sa vie, là, consignées dans ces agendas.

Des rendez-vous avec des inconnus qu'il a côtoyés pendant des années. Lui aussi avait rendez-vous. Avec toujours le même respect pour leur quête. La même estime. Quelle que soit la petitesse ou la banalité de ce qui s'est raconté sur son divan.

Les chemises bourrées de notes, c'était au début. Au fil des années, il s'est contenté d'un mot, d'une impression rapidement notée à la fin d'une séance. Parfois un geste qui a échappé, une jambe qui se détend tout à coup ou une bague qu'on fait tourner machinalement autour d'un doigt. Il a appris à guetter ces menus signes, tout ce qui indique que le mot prononcé alors n'est pas anodin, que peut-être il en masque un autre... que la vraie parole est embusquée là. Il savait que c'était à ça qu'il faudrait revenir à la prochaine séance.

Tout le reste, des reflets dans l'eau.

Tout prendre. Tout détruire. Ce serait une belle façon de trier, tiens.

Enfants, avec Mathieu, ils faisaient des feux sur la plage dans l'île, juste en face de la ville. Des feux pour rien. Pas de poisson à faire cuire, ce n'étaient pas des Robinson, juste deux garçons un peu sauvages qui aimaient regarder les flammes.

Simon n'a pas renoncé à la beauté. Mais la sauvagerie ?

Il reste toujours aussi longtemps, assis contre les rochers, à contempler les vagues. Il ne fait plus de feu.

Il joue aux échecs, dans un café, sur le port, devant un whisky. C'est un rituel. Il en faut bien quelques-uns. Avec le temps, il est devenu bon joueur. Plus jeune, il voulait trop gagner.

Il emportera son jeu d'échecs.

Pourquoi a-t-il gardé la trace de tous ces rendez-vous ?

Tant de voix venues jusqu'à lui. Ah, les voix. Sa mère chantait. Quand elle était seule ou se croyait seule. Lui, il était son unique enfant et il l'écoutait. Tapi dans un coin il arrivait toujours à se faire oublier, alors il pouvait l'écouter. La récompense de son invisibilité. Sa mère avait été veuve tôt. C'était une femme qui n'attirait pas les regards. Une beauté discrète. Mais quand elle chantait, quelque chose se passait. Une vibration dans son corps à elle qui arrivait jusqu'à lui. Il fermait les yeux. La voix de sa mère l'enveloppait et l'emmenait. Où retournait-il alors ? Dans quelle grotte ? Dans quelle opacité perdue ? Son goût pour le chant baroque, il le lui doit. Et la nostalgie.

Il sait si bien la reconnaître chez chacun de ses patients. On y arrive toujours, au paradis perdu. Combien de pas faut-il et quel épuisement pour enfin comprendre.

Ses épiphanies à lui c'est quand il retrouve, à l'intérieur de son propre corps d'homme, la vibration d'un autre corps. Et lui alors vibrant à l'unisson. Inexplicable.

C'est toujours par la voix d'une femme que cela a lieu.

Il aurait épousé Louise rien que pour ça. Parce qu'elle avait quand elle entrait dans la jouissance, cette vibration merveilleuse, d'une douceur infinie. Pour lui, une femme, c'était ça. Et elle l'emmenait dans son chant. Il était transporté dans les confins ignorés. Dans une brume, un ailleurs. Sans sortir de la chambre.

Et puis tout ça a été foulé aux pieds. Un beau gâchis. Plus rien de possible entre eux. Perdu, le miracle du bleu. Plus de nuits enchantées. Il ne pouvait pas pardonner.

Peu à peu, avec les années, il a repensé à Louise plus doucement. Le souvenir enjambait la douleur, remontait en amont et il retrouvait Louise l'intré-pide, l'amie d'enfance. Celle qui les accompagnait, Mathieu et lui, celle qui nageait, courait avec eux. La petite fille têtue, l'adolescente douce et effron-tée. Il a gommé la femme, la découverte de son chant. Ça valait mieux.

Parce que lui, tout lui glisse entre les doigts. Il ne sait rien retenir. Même pas un vieux bol bleu.

Il pose la nuque contre le dossier du fauteuil, regarde le plafond.

Il a gardé toutes ces années une aquarelle et un bol.

L'aquarelle c'était Louise. Le bol, Mathieu.

Tout ça, c'est de l'histoire ancienne. Des années que ça ne l'a pas harponné comme ça. Il suffit d'un bol qui vous glisse des mains.

À quoi bon trier, ranger, archiver ? préparer son départ, c'est le retarder, c'est tout. À trop attendre, on ne fait plus. Pour ça il peut se faire confiance !

Il y a des lettres qu'on devrait savoir écrire. Pas pour convaincre ni pour changer les choses. Juste pour tracer les mots. Les inscrire. Et qu'on les envoie ou pas ça n'a pas d'importance. Les morts lisent par-dessus votre épaule.

La voix de Louise dans l'amour, il se rend compte qu'aujourd'hui même sa mémoire l'a perdue. C'est sa vibration à lui qui lui reste.
Est-ce qu'on ne peut pas s'oublier soi-même ?

Il est trop tôt pour un whisky pourtant c'est bien la seule chose dont il aurait envie. Le goût tourbé, la chaleur qui descend dans la gorge. Il allonge les jambes, rencontre la table basse, pose les pieds dessus, soupire, se laisse aller au fond du fauteuil. Il a fermé les yeux. Le travail l'a toujours sauvé. Chaque jour, laisser derrière lui, comme une ombre familière, sa propre vie. Écouter. Avancer avec ceux qui lui faisaient cette confiance extraordinaire de venir dans son cabinet, de parler ou de se taire. Mais avec lui. Sa présence enfin nécessaire, précieuse pour quelqu'un. Il se devait qu'elle soit entière. Et elle l'était.

Tous ces rendez-vous, année après année.
Alors, elle est là, sa vie ? Et maintenant ? Pourquoi arrêter alors que c'est justement le moment où il se sent meilleur, plus affûté, dans l'étrange partie qui se joue toujours entre paroles et silence. Pourquoi,

à l'intérieur de lui, quelque chose qui martèle Il faut arrêter. Il faut se retrouver seul.

Il dit à voix haute Aujourd'hui c'est mon tour.

Et il ne sait pas de quel tour il parle.

Il se lève.

Un verre sur le port et filer dans l'île. Un remède éprouvé. Il laisse tout en plan et dégringole les marches. Les années lui ont laissé des jambes rapides. À la porte, il marque un arrêt. Il regarde sa propre plaque.

S'appeler Lhumain quand on est psychanalyste, c'est un comble. Et pourtant, combien de gens ont appuyé sur ce bouton de cuivre, juste sous ce nom gravé.

Il passe légèrement la main dessus, comme pour en balayer une invisible poussière et il se demande quand il va l'enlever. Redevenir simplement Simon Lhumain. Simon Lhumain, c'est tout.

Il marche dans la rue et il ne peut s'empêcher de jeter un œil à son propre reflet dans une vitrine. Ça va se dit-il. Toujours la silhouette bien droite, haute. Les analystes n'échappent pas à la sensation du temps qui passe et se rassurent aussi. Moi c'est avec mon corps de "jeune homme"…

On a besoin du reflet de sa jeunesse.

Il s'installe à "sa" terrasse, sur le port, commande son whisky préféré, même si ce n'est pas l'heure. Il laisse son œil capter ce qu'il voudra, une tasse, une main, les pages ouvertes du journal abandonné sur une autre table. L'œil dessine. Puis il laisse son regard se perdre dans le paysage des vivants. Sa façon de se préparer pour l'île.

Marcher à grandes enjambées sur une de ses plages préférées, côté sud, celle où il est presque toujours sûr de trouver les gorgones, ces étranges concrétions, des algues en forme d'arbres miniatures, délicates. Il les ramasse depuis qu'il est enfant, les contemple, ne s'en lasse pas. Quand des amis de Paris lui rendent visite, ils peuvent en emporter une. Un autre rituel. Il aime les voir s'étonner devant les formes, les couleurs qui vont du gris très sombre au blanc, parfois rosé selon les caprices des rencontres marines. Ils redeviennent aussi des enfants à qui on fait un cadeau inattendu. Il s'amuse à parier sur leurs choix. Il voit toujours partir ses gorgones avec plaisir. Elles vont orner un appui de fenêtre chez l'un, s'adosser à un livre chez un autre, sur une étagère pleine déjà d'ouvrages et de menus objets récoltés çà et là pendant des voyages… Il imagine…

Un jour un ami d'ici, Hervé, un de ses meilleurs partenaires d'échecs, lui a demandé Et à tes patients, tu en offres ?

Il a dû faire une drôle de tête parce qu'Hervé a ajouté, comme pour minimiser l'incongruité Quand ils ont fini… un souvenir… Simon n'a pas réussi à maîtriser la sécheresse de sa voix quand il a répondu

Non. Un psychanalyste n'offre pas de souvenir à la fin d'une cure. Quelle étrange idée. Une fois le travail achevé c'est fini. S'il reste des souvenirs aux analysants, c'est leur affaire et ils en font ce qu'ils veulent. Après tout ils peuvent les caser où ils veulent, rêves, journaux intimes, confidences, pensées… ça ne me regarde plus.

Hervé avait battu en retraite, redoutant d'avoir déclenché l'humeur acerbe de son ami et d'en faire les frais.

Aujourd'hui Simon marche et il se répète Une fois le travail achevé c'est fini.

Il y a des phrases qu'on entend un jour pour ce qu'elles sont. Vraiment. Elles sont restées au fond de notre mémoire, intactes. On les a prononcées un jour, sans bien savoir.

Elles attendaient.

Comme si notre propre parole nous attendait toujours.

Une phrase lancée en l'air, pas entendue vraiment. Remisée dans ces limbes étranges où flottent les paroles gelées. Un jour, on ne sait pas pourquoi, elles reprennent vie. De toute leur force. Elles atteignent notre attention profonde, celle qu'on ignore la plupart du temps, et c'est le bon moment. Ce ne sont pas nos mains qui les ont réchauffées, comme le font les marins chez Rabelais, c'est le temps, la friction avec d'autres mots, d'autres phrases entendues, ou lues, enveloppées du silence des livres. Les mots alors adviennent avec toute leur puissance. Il fallait juste attendre d'avoir la force de les entendre.

C'est un jour comme ça pour Simon. Un de ces jours où la vie, la vraie, la vive, se joue. Un jour à attraper par les cheveux, comme le *kairos* des Grecs. Il est prêt.

Nager. Ne pas regarder en arrière. Ne pas se demander si on parviendra à rentrer après. Il a suivi son envie, s'est mis à l'eau sans réfléchir. Elle est froide encore mais peu importe.

Il a toujours été meilleur nageur que Mathieu. En tant qu'aîné, il lui avait appris à nager, à jouer aux échecs.

Pas à faire le feu.

Simon nage jusqu'à la bouée, loin. Ses brasses sont régulières. Il avance de façon fluide, sans forcer. Il sent qu'il pourrait aller bien plus loin. Le corps répond avec une belle puissance, trouve le rythme accordé avec l'eau. Il dépasse la bouée. C'est quand il voit les nuages durcir l'horizon qu'il comprend qu'il faut rentrer. Un instinct qui le fait se retourner, mesurer la distance jusqu'à la plage. Loin, très loin. Ne pas penser. Nager. Oublier tout ce qui n'est pas la plage, là-bas, et se rapprocher à chaque brasse. Rien d'autre. Il sait s'oublier dans l'effort. Il a toujours su.

Se sécher vite. Courir pour se réchauffer. Ne pas réfléchir. Faire les choses parce qu'on sait qu'il faut les faire, c'est tout. Et soudain à nouveau la force inattendue dans les jambes. Un plaisir physique de jeunesse. Ah oui, ça faisait longtemps. Il court. Le souffle est là, régulier. Il peut pousser jusqu'aux rochers sans s'arrêter.

Il n'a jamais pu quitter ces paysages. C'est ici qu'il a tous ses repères. C'est si important les repères quand les gens autour de vous meurent trop tôt. Il se revoit courant avec Louise sur les talons.

Pourquoi peu à peu a-t-il laissé le silence se durcir entre eux ? Pourquoi ne pas au moins parler
vraiment ? Louise la si tendre et forte. À la fois belle
et bonne, les mots prêtent à rire. Pourtant c'était
vrai. C'est sans doute encore vrai. L'appeler, lui dire
qu'il va partir, qu'il ne sait pas pour combien de
temps, qu'il a juste envie qu'elle le sache.

Elle ne demandera pas Pourquoi. Elle, elle se
contente toujours des "comment".

Elle lui avait dit il y a longtemps, la porte-fenêtre
ouverte sur la terrasse aux bougainvilliers, Comment tu veux qu'on fasse maintenant ? Il avait haussé
les épaules. Elle avait quitté la chambre où ils avaient
parlé. On ne devrait jamais parler dans les chambres. Les chambres, c'est pour les corps nus, les
mains pour comprendre. Tout ce qui frémit, tout
ce qu'on provoque, qu'on attise, qu'on apaise. Le
plaisir brut. La peau sans rien pour faire barrière,
ni tissu ni conversation. Les sexes qui, enfin, dans
les moments de grâce, font resurgir la parole d'avant
tout alphabet, celle qui s'accorde à la quête farouche
des corps, aux reins cambrés, aux poitrines palpi-
tantes, au sang battant au rythme des caresses les
plus simples, les plus hardies. La seule parole qui
vaille. Celle des corps enfin éveillés. Et le chant
unique. Il avait connu ça. Oh, avec elle, il avait
connu ça.

Simon court, dépasse les rochers, aborde la petite
plage en creux. Là il s'arrête d'un coup.

Les chiens ont toujours la laisse trop courte.

Il s'est laissé tomber à genoux sur le sable. Il n'y
a personne. Personne.

Il sait très bien qu'il n'appellera pas Louise.

Il la revoit sortir de la chambre là-bas il y a si long-temps, son regard brun intelligent et doux posé sur lui. Toujours cette satanée douceur. Pourtant elle venait de lui dire des mots terribles. Elle avait répondu aux questions qu'il lui posait, comme elle le faisait toujours. Avec sa rude franchise. Elle n'éludait rien, l'intrépide Louise.

Dieu qu'il l'a haïe, cette franchise. Un peu d'humanité, ç'aurait été de se taire ou de mentir au moins un peu mais non, Louise répondait sans détour. Il le savait. Il l'avait cherché. Ce sont ses questions à lui qui étaient terribles.

Il la revoit se tourner vers lui avant de franchir le seuil et trébucher, comme une enfant. Elle était là, sa bonté, dans ce corps qui perd l'équilibre, se reprend, puis repart. Il a continué à l'aimer sans le lui dire. Longtemps. Juste pour ça. Parce qu'elle avait trébuché. Cette chute retenue. Il était là, leur amour. Lui l'avait su à ce moment-là mais c'était trop tard. Les mots avaient fait leur sale travail. Ils le savaient tous les deux et ils étaient parvenus au bout. Si jeunes et déjà au bout.

Louise vit sur l'île mais c'est comme si elle était à l'autre bout du monde. Elle a deux enfants et un mari. Comment fait-elle ?

Lui depuis, il ne peut désirer que dans les passions. De celles qui engloutissent tout.

Ce vertige-là, il le lui faut et son sexe se dresse et tout son être s'oublie à chercher quoi, l'exhalaison du souffle dans le cou, sur la peau d'une femme. Il ne les regarde plus jamais dans les yeux. Mais il peut encore laisser tout son corps se tendre vers elles. Parce qu'il y a son fauteuil et ses rendez-vous qui le préservent.

Les voix des autres, dans son cabinet, l'ont protégé toutes ces années.

Il va se mettre au silence. Et il a peur.

Ce même jour, il reçoit une invitation à dîner. Ce ne sont pas les amis habituels. C'est Mathilde Mérelle, une jeune consœur installée dans la ville il y a un an.

Elle était venue se présenter et il avait aimé sa façon discrète et ferme à la fois de le faire. Elle apportait un nouveau souffle dans la "confrérie". Ils étaient trois jusqu'à présent, trois hommes plus très jeunes. Avec elle, le choix s'élargissait. Elle savait écouter, ne pas poser de questions inutiles, elle ne craignait pas le silence qui prend sa place tout naturellement dans une conversation, pour peu qu'on n'en ait pas peur. Mais elle n'hésitait pas non plus à parler, simplement. Elle lui avait plu.

Ils ont pris l'habitude de se rencontrer de temps en temps, un verre sur le port, ou un dîner. Toujours des moments agréables et intéressants. La grâce de la jeune femme ne gâche rien.

C'est toujours lui d'habitude qui prend l'initiative.

Cette fois c'est elle qui ose.

Il a accepté son invitation comme un signe de plus que ce jour était décisif.

Ils doivent se retrouver dans un restaurant qu'il lui a fait connaître, sur le port.

Simon s'est assis à une table qu'il affectionne, un peu en retrait. Il attend Mathilde.

Il a toujours aimé arriver en avance et rêver. On ne rêve pas de la même façon quand on attend quelqu'un. C'est plus intense parce qu'on sait qu'on sera arraché à la rêverie tôt ou tard. Alors ce temps suspendu a une autre saveur.

Il a toujours aussi laissé un temps suffisant entre deux analysants. Il faudra qu'il en parle à Mathilde.

En rentrant de l'île tout à l'heure, il est remonté dans sa tour, a attrapé un agenda au milieu d'une pile, essayé de l'extraire tout doucement sans faire tomber le reste.

Un mikado avec les jours et les heures des années passées.

Il ne savait pas ce qu'il cherchait mais le geste s'était imposé. Il a ouvert, regardé les dates. Un nom seul peut-il rappeler le sens qui a tenu tout le travail de séance en séance avec quelqu'un. Ou bien tout s'oublie-t-il… Drôle de jeu.

Il est tombé sur le nom d'une femme à la voix singulière, une traductrice. Et il s'est dit que décidément il y avait des jours où jouer avec le hasard est dangereux. Cette femme l'avait hanté longtemps. La cure avait mal fini. Il ne risquait pas de l'oublier.

Il s'est surpris plus d'une fois à se demander ce qu'elle était devenue.

Il n'a pas refermé l'agenda, s'est dit que peut-être, après le dîner avec Mathilde Mérelle, il jetterait un œil à nouveau.

Il regarde le ciel un peu brumeux sur le port, les pierres qui disparaissent déjà à la vue par endroits, les couleurs qui s'estompent. Il goûte le vin qu'il a choisi spécialement pour Mathilde, un vin qui a le goût de ce qu'il ressent d'elle. Légèrement pétillant, comme retenu, mais qui laisse une empreinte fruitée, tenace, au palais.

Dans son attente, il n'y a plus l'âpreté sexuelle qu'il a si bien connue. C'est plus sensuel finalement, l'attente est reliée à toute sa drôle de journée. Il essaie de ne penser qu'au plaisir de la rencontre, c'est tout.

Elle a eu peur de le déranger dans ses pensées, lui confie-t-elle au cours du dîner, quand l'atmosphère entre eux est devenue simple, amicale. Il leur faut toujours un temps pour s'apprivoiser. Elle dit qu'il avait l'air si grave devant son verre. Il sourit, répond qu'il a toujours l'air un peu trop grave.

Il ne sait plus comment ils en sont venus à parler du Japon. Elle regrette de ne pas pouvoir y aller. Un vrai barrage. Son père y est mort au cours d'une tournée quand elle était enfant. Un père musicien. C'est la première fois qu'elle s'aventure à une confidence sur son passé. Sa voix s'est obscurcie. Elle n'en dit pas plus et il ne pose aucune question. Il l'écoute. Elle n'y a pas mis les pieds mais elle semble tout connaître de ce pays.

Sa voix retrouve tout son allant dès qu'elle lui parle des textiles anciens et de son intérêt pour ces étranges costumes faits de tiges de plantes tressées, rebrodés. Elle dit Des vêtements intelligents et beaux. Elle parle d'un livre où elle les a découverts, si lourd qu'il faut le poser sur ses genoux, offert pour un anniversaire par sa meilleure amie. Elle y plonge, oui, tous les matins. Une forme de méditation, a-t-elle osé avouer et il n'a pas souri.

Elle est surprenante. Et il aime être surpris.

Lui n'a pas parlé du bol cassé. Il l'a écoutée plus qu'il n'a parlé. Il se sent poreux, trop. C'est la fatigue sans doute de cette journée. Les paroles font leur effet sans qu'il y prenne garde. Elles se déposent au fil du repas et de leurs échanges. Il n'imagine pas alors jusqu'où elles l'embarqueront. Il aime la voix de Mathilde Mérelle, une voix calme qui permet d'entendre vraiment. Mélodieuse est le mot qui lui vient. Et il repense à ce père musicien mort si loin. Il ne peut s'empêcher de penser à l'impact de cette mort dans la vie de la jeune femme. Elle était encore une enfant, ça laisse des traces… Il chasse la réflexion analytique qui lui vient à l'esprit, une seconde nature. Encombrante.

Il a juste envie de boire le vin et d'écouter Mathilde. Il la regarde, l'observe. Rien de trop, aussi bien dans le maquillage que dans la tenue qu'elle porte. Mais chacun de ses vêtements est choisi avec soin, il apprécie. Les textures des tissus, les couleurs, s'harmonisent. Une femme délicate. Heureux l'homme qui pourra la tenir dans ses bras. Mais elle parle d'elle au singulier.

À la fin du dîner, elle est en verve. Sa vivacité l'étourdit un peu. Lui se sent ralenti, vulnérable, décidément la journée l'a touché plus qu'il ne pouvait l'imaginer. Il sourit. Il attend que la conversation l'entraîne doucement, le remette à flot. On dirait qu'elle l'a senti, elle s'est arrêtée de parler, le verre à la main. Elle le regarde avec une tendresse touchante. Buvons à votre nouvelle vie Simon !

À la vie qui va ! lui répond-il. Il ne veut pas briser son élan chaleureux mais franchement la "nouvelle vie" non ! il ne sent rien de tel. Il trouve même ça un peu niais. Faut-il qu'il soit sensible à sa jeunesse, à son charme, pour ne pas planter une de ses répliques caustiques qui lui ont valu sa réputation redoutable…

Elle commande un dessert en étudiant la carte comme si elle lisait un texte à décrypter, les sourcils froncés. Lui n'en prend jamais. Il l'a regardée déguster le sien avec une mine gourmande qui le réjouit. Voilà il faudrait juste s'en tenir à ça, les plaisirs immédiats, simples. Quand la mémoire vous rattrape, il n'y a plus que ça pour respirer. Et la jeunesse de Mathilde, ce soir, c'est une bénédiction.

Une vie désencombrée c'est déjà beaucoup, à défaut de "nouvelle". C'est tout ce qu'il espère.

Il s'oublie dans la chaleur de cette fin de dîner, de la conversation. C'est quand Éric, le patron, apporte à la table le digestif offert par la maison qu'ils se rendent compte que la salle s'est bien vidée. Il ne reste plus que deux ou trois tables occupées et la nuit est tombée depuis longtemps. C'est elle qui propose On va marcher un peu après, ça vous dit ?

Bonne idée. Ça nous fera du bien de prendre l'air. Laissez Mathilde, il a posé sa main sur son bras. C'est moi qui vous invite.

Non. C'est moi qui vous ai appelé, Simon, ça me fait plaisir.

Il a eu une brève hésitation.

Ah, ah, lance-t-elle, une petite difficulté à accepter qu'une femme paye pour vous ?

Ne faites pas la maligne Mathilde… j'accepte !

Elle prend son bras une fois dehors et ça aussi fait partie des joies simples. Une femme à son bras, ça faisait longtemps. Le port est sombre et on entend les vagues qui clapotent contre le quai. La marée monte à nouveau. Simon s'est arrêté Vous voyez Mathilde, quand je suis entre les deux phares du port, le rouge et le vert, je sais que je suis chez moi. Et il ajoute Depuis que je suis tout petit.

Elle serre son bras et sourit. Elle parle alors de son père à nouveau, son père de bambou comme elle l'appelle et il trouve ça beau. Un homme qui semblait habité par le vent, mélancolique et toujours un peu distant. Elle n'aurait jamais pu se promener avec lui de cette façon tranquille, heureuse. Il n'avait pas le goût des promenades. Elle se demande ce que ça lui fera quand elle dépassera l'âge qu'il avait. Elle dit qu'elle n'aime pas cette pensée.

Et tout à trac elle lance Simon, vous n'avez jamais voulu avoir d'enfant ?

Il accuse le coup. En silence.

Ils continuent à marcher en longeant l'eau.

À un moment elle a murmuré Excusez-moi. Il n'a pas répondu.

De retour chez lui, il a tenté de contempler l'aquarelle. Mais les rituels ne fonctionnent pas toujours. Il est passé de pièce en pièce, a erré devant sa bibliothèque, en quête d'un texte qui le conduirait loin de cette fin de soirée abrupte.

Il s'est rendu compte qu'il avait oublié la gorgone choisie pour elle. Elle est là, sur sa table de chevet.

Vouloir un enfant ? Oui ça lui était arrivé. Et il n'a pas envie d'en parler, ni même d'y penser, bon sang !

Il est remonté dans sa tour, a allumé un cigare.

L'agenda ouvert à la page d'un rendez-vous qui ne fut jamais honoré est là. Le passé le nargue aussi !

Sa patiente de l'époque, la femme à la voix singulière, était partie comme ça, sans qu'il ait capté le moindre signe. Il l'avait attendue, ce fameux jour, en se disant que si elle avait eu un empêchement elle l'aurait averti. Elle n'était pas toujours ponctuelle mais ce n'était pas son genre de rater une séance. Il était agacé. Il n'aimait pas attendre dans son cabinet. Rien à voir avec l'attente dans un bistrot ou même chez soi. Ici l'attente était professionnelle. Il ne pouvait détacher son esprit des séances. Il travaillait finalement sur son cas en l'attendant et s'en voulait de ne pas parvenir à faire le vide nécessaire à une bonne écoute.

Elle n'était pas venue, n'avait laissé aucun message dans les jours suivants. Rien. Il avait attendu encore la fois suivante, lui avait gardé sa place par déontologie. Irritée, la déontologie ! Au bout de trois rendez-vous non honorés il avait donné son créneau à quelqu'un d'autre. C'était sa règle. Il avait eu du mal à l'appliquer cette fois.

Elle s'appelait Lucie F. et elle ne savait pas "habiter". Voilà. C'était ce qui la menait jusque dans son cabinet.

Simon s'est levé. De toute façon il n'arrivera pas à dormir. Il cherche ses vieux dossiers. À l'époque il prenait encore des notes, consciencieusement. Qu'a-t-il bien pu écrire sur elle ?

C'est un tel fouillis qu'il a du mal à trouver. Enfin il l'a.

Voilà. Il lit en silence cette écriture que sa main a tracée il y a tant d'années. Et ça reprend vie dans sa mémoire.

Ne pas savoir habiter. Elle disait J'ai beau essayer, habiter je n'y arrive pas. Elle occupait des maisons des appartements qu'elle achetait. Elle y vivait un peu puis elle mettait en vente, refaisait ses cartons et repartait. Acheter. Vendre. Elle avait une carrière à faire dans l'immobilier. Une location aurait été plus simple. Mais non. Il fallait qu'elle possède le lieu, même pour peu de temps. La location ne faisait pas le même effet. Y manquait-il l'illusion de l'installation ? Elle aurait pu y perdre une fortune mais ses transactions étaient comme éclairées par un sixième sens. Elle ne se trompait jamais sur la qualité du bien, ne revendait jamais à perte. Époustouflant.

Simon a un drôle de sourire.

Ah elle m'a fait chercher… j'en ai inventorié, des pistes. De "l'immobile y est", vas-y pour Lacan, à la promesse… puisqu'on parle de "promesse de vente". Pourquoi tenait-elle tant à signer ces promesses de vente ? À qui, à quoi faisait-elle ainsi promesse ? Tout cela n'avait rien donné.

Qu'est-ce qui provoquait ses départs ? Ce mouvement qui la poussait littéralement dehors alors qu'elle disait se sentir bien où elle était deux mois avant. Ça la reprenait, plus fort qu'elle.

Elle disait elle-même qu'elle était passée maîtresse dans l'art de trouver des justifications extrêmement convaincantes mais qu'elle savait bien, tout au fond d'elle, que c'était autre chose. Et elle venait pour ça. L'autre chose. Impérieuse.

Si seulement je pouvais ressentir le dixième de cette envie, bon sang, ça m'aiderait aujourd'hui. Simon a parlé à voix haute.

Il tend le bras et éteint la lumière de la lampe posée sur la table basse.

C'est la nuit et dans la nuit il n'y a rien. Le bureau de Simon Lhumain s'accorde bien à l'obscurité. Les années passées sont enfouies dans leurs chemises en carton. Seul, le classeur où était rangée la chemise Lucie F. est resté ouvert, sur la table basse.

Il sait bien que, mieux que toutes les notes qu'il a pu prendre, c'est la voix singulière de Lucie F. qui creuse sa mémoire. Il se la rappelle mieux dans le noir. À vouloir fuir on est toujours pris.

La vibration de sa voix, elle est toujours là. Elle avait deux tons de voix très distincts et j'avais appris à reconnaître lorsqu'elle allait quitter sa voix presque nasale, sa voix qui pouvait parler parler parler... toujours intelligemment mais comme lointaine, une voix qui ne nous apprenait rien... et soudain comme une marche plus basse dans cet escalier sans fin, un autre ton. Une voix plus grave, vibrante, pour une phrase. Tout le discours qui précédait ne menait qu'à ça : cette phrase-là. Il y avait des séances entières où rien ne venait. Elle restait à la surface, ne pouvait descendre. J'en sortais avec l'impression d'avoir écouté un brouhaha très fin où sans doute étaient nouées des choses essentielles mais qui n'arrivaient pas à la parole, la vraie. Quand cela se répétait trop je me demandais ce qui se perdait. Pouvais-je l'aider à atteindre autre chose. Même cette espérance était de trop. J'avais beau savoir

qu'être analyste c'est abandonner l'impatience…
La fameuse neutralité qui seule pouvait être efficace
réclamait de moi une sagesse que j'avais du mal à
trouver. Elle avait besoin de temps et je n'étais pas
là pour être maître de son temps. Quand je tentais
de casser le flot du discours, alors elle se refermait,
ne livrait plus rien.

S'il n'y avait la lueur incandescente de son cigare
on pourrait croire que la pièce est vide. Simon
fume lentement. Puis il se lève, ne range rien et ne
referme pas la porte derrière lui.

Les jours qui suivent sont cotonneux. Simon vit dans une sorte de brume. Il rassure Mathilde Mérelle qui s'excuse à nouveau pour sa question indiscrète. Il accepte de la revoir dans un café puis chez elle. C'est la première fois qu'elle lui ouvre sa porte. Ils sont un peu gênés de ce pas nouveau dans leur relation. Ils quittent les territoires neutres. Mais les livres viennent vite les mettre à l'aise. Elle a une belle collection de textes poétiques. Elle dit La psychanalyse et la poésie, c'est proche, non ? Et il sourit. Oui, c'est proche.

Elle lui a servi un thé et lui montre le fameux ouvrage sur les tissus anciens japonais. Il est étonné de sentir son propre intérêt s'éveiller en feuilletant avec précaution le lourd livre. Les lignes sobres, simples, les couleurs brunes et bleues, c'est reposant. Il comprend son engouement.

Il a du mal à partir malgré son emploi du temps chargé tant il se sent bien dans cet intérieur feutré et chaleureux. Ce n'est pas si fréquent. Il aime les étoffes colorées sur un fauteuil, le canapé. Comme pour ses vêtements, elle sait créer une harmonie, sans rien de trop. Mais il ne souhaite pas entamer une quelconque amitié. Pas maintenant. Il flotte trop entre ce maintenant et son départ projeté. Ce n'est pas le moment des attaches. La rassurer sur sa sympathie retrouvée, voilà, c'est tout.

Il marche beaucoup dans les rues de sa ville comme s'il fallait l'imprimer sur sa rétine, emplir sa mémoire des odeurs du port, du marché. Il se surprend à laisser ses doigts frôler les murs et les grilles, la main tendue, comme lorsqu'il était enfant, avant de retourner à Paris.

Le soir, il sort encore.

Impossible de se coucher après avoir remué toutes les questions qui le hantent. Il va sur le port. Là où il reste toujours un ou deux bars ouverts. Ce n'est pas la clientèle du matin, celle des cafés et des journaux parcourus en quête des nouvelles d'un monde qu'on peuple, ma foi, comme on peut... La clientèle de nuit ce sont des skippers qui viennent boire ensemble ou seuls en attendant un prochain embarquement, et puis quelques citadins comme lui, qui n'arrivent pas à dormir.

Il commande son whisky. Il sait déjà qu'il en boira encore un autre après. Pour le goût lent de la tourbe qu'il affectionne.

Pourquoi avait-il dit cette chose ridicule à Lucie F. ? Le ménage ! Parler de faire le ménage à une femme qui parvient enfin à dire son "chez-soi" après des mois et des mois de divan ! Une pièce nue blanchie à la chaux, voilà de quoi elle avait rêvé. Le chez soi, au plus profond de soi, là où seul celui qui ose parler peut accéder. C'est ce qu'on vient chercher chez son analyste après tout.

Simon se souvient.

J'avais bien attendu que le silence s'installe à nouveau, je voulais être sûr qu'elle n'avait rien d'autre à ajouter et j'ai sorti cette phrase stupide "Eh bien pour arriver à tout ce blanc il va falloir faire le ménage."

Quel crétin !

Pourquoi dit-on des choses comme ça ? Qu'est-ce qui m'a fait proférer ces paroles ? Je ne sais pas. C'est venu tout seul. Sans moi. La fameuse intuition ? Et si c'était une belle imbécillité ? Et si c'était moi qui avais à ce moment-là du ménage à faire ? Je ne saurai jamais pourquoi j'ai dit ça mais ce que je sais, c'est qu'elle s'est tue jusqu'à la fin de la séance. Les yeux ouverts. Elle qui les gardait toujours fermés. Fini, les paupières baissées. Son regard vagabondait vers la fenêtre, le plafond.

Elle ne disait plus rien.

Elle n'est jamais revenue.

Une fin d'analyse comme ça, on se la rappelle.

Le whisky et le bruissement des conversations dans le bar le calment peu à peu. Ici on parle de mer et de départs. On rit parfois à grand bruit puis les voix à nouveau tissent leur rempart adossé à la nuit. Il se sent à sa place, à côté des hommes qui se parlent les uns aux autres. Lui, silencieux mais avec eux quand même. À côté.

Quand le bar ferme, Simon marche seul sur le port. La vue des bateaux poursuit l'apaisement. Il se rappelle les chalutiers de son enfance et leurs couleurs de bois rouge ou bleu, l'éclat parfois de la peinture rutilante juste finie. La sensation alors que la couleur émanait des fibres du bois et non du pinceau qu'une main avait tenu. Le bois érodé par le sel de la mer offrirait aux vagues des bleus des rouges des verts à lécher à estomper. La mer et le bois ne feraient plus qu'un au bout d'un temps et lui, enfant, se sentirait alors invité par les couleurs pâlies à des voyages imaginaires, bien mieux que par la vie fringante des peintures fraîches. Dans son cœur d'enfant, déjà, c'était le palimpseste des couleurs qui laissaient à nouveau le bois affleurer qui l'emportait. Il aimait déjà sans le savoir le temps et l'effacement.

L'alcool réchauffe les souvenirs. Il oublie d'un sourire dédaigneux la "plaisance" qui a envahi depuis des années le port. Lui il sent encore les vieux casiers déposés sur le quai où son père l'emmenait acheter la pêche du jour. Crabes, araignées, bars ou merlus… des odeurs qui ne le quitteront pas. Les marmites d'eau bouillante où il ne voulait pas voir sa mère plonger les crustacés. Et la voix de sa mère, moqueuse, Il le faut bien si tu veux te régaler tout à l'heure. Et il se régalait, oubliant le sort des bêtes jetées vives dans l'eau bouillante.

Quand il rentre chez lui, il s'interdit de retourner au cas de Lucie F. il veut garder la légèreté du whisky et de la promenade, des souvenirs qui sont les siens. Après tout lui aussi en a, comme tout le monde.

Au cours d'une de ses parties rituelles d'échecs le lendemain avec Hervé, il lui annonce sa décision de partir.

Tu vas partir ? Vraiment ?

Ça paraît donc tellement inconcevable ?

Un peu oui. Tu ne pars même pas en vacances.

Oh ça, les vacances… il hausse les épaules… je ne sais pas ce que c'est… dis-moi, tu pourrais m'aider

Hervé ? Toi tu as l'habitude des voyages lointains. Moi je ne sais pas par quel bout prendre les choses.

D'accord mon vieux. Mais j'ai besoin d'en savoir un peu plus pour t'aider efficacement.

Simon a retenu son agacement à l'écoute du "efficacement" d'Hervé. Un adverbe qui revient toujours dans sa bouche. Et l'efficacité, lui s'en est toujours méfié.

Qu'est-ce que tu veux savoir ?

Hervé a pris très au sérieux sa requête. Lui s'est rendu compte que dans sa tête, les choses sont claires. Jusqu'à un certain point. Son départ. Il ne voit rien au-delà, n'imagine rien. Plus loin ? c'est plus loin c'est tout. Il ne sait pas.

Il lui a fallu réviser sa copie. Il a donc renseigné Hervé du mieux qu'il pouvait, en commençant par se poser sérieusement les questions de son camarade. Étonné, il s'est rendu compte qu'il avait quelques réponses.

Il a fait ce qu'il fallait. En un temps record. Plus d'atermoiement.

En quelques jours il a bouclé ce qu'il avait à boucler.

Il n'a jamais été aussi "efficace".

Et il est là. Un peu étourdi quand même. Dans cet aéroport trop grand pour lui. Il a perdu l'habitude des voyages. Mais qu'importe. L'essentiel est fait : il est parti.

Se retrouver à l'aéroport, avec une valise et un sac, c'est tout. Un billet aller. Pour le retour ce sera selon.

Il est surpris de la facilité avec laquelle il l'a fait.

Alors partir c'est ça ? Fermer la maison, confier les clefs à Madame Lorne qui continuera à aérer, faire la poussière, prendre soin des lieux. Dire aux amis qu'on part sans s'attarder aux explications. On le connaît, on n'insiste pas. Il a dit Parce que c'est le moment. On n'en tirera rien d'autre. Il ne raconte ni le bol cassé ni l'aquarelle décrochée du mur, enveloppée dans un drap et rangée au fond de son armoire.

Soustraite à son absence, l'attendant dans l'obscurité. Protégée.

Les deux moitiés du bol, à côté, soigneusement empaquetées.

Mathilde Mérelle s'était encore excusée de sa question intrusive et cette fois il avait posé sa main sur son bras, légèrement. Il pouvait la remercier.

Sans le savoir elle avait actionné le déclic et il partait. Enfin.

Il ignorait qu'elle, elle avait aussitôt pensé qu'elle faisait partir une fois de plus un homme auquel elle s'attachait. Oh pas comme on s'attache à un amant, non. Mais comme à un quelqu'un de très cher, qu'on perd à nouveau.

Simon étend ses longues jambes. Il n'a plus qu'à attendre l'embarquement. Le voyage va être long. Mais ça ne fait rien. Il regarde autour de lui, comme un enfant. Tout l'intéresse. Il y a des jours bénis où la vie est ainsi, intéressante, même dans ses détails les plus prosaïques. Tout a une saveur, une couleur. C'est rare. Il faut en profiter.

Il essaie de repérer ceux qui partent pour affaires, ceux qui s'offrent des vacances. Mais finalement ce qu'il remarque c'est qu'il y a peu de gens seuls. Groupes ou couples en majorité.

Une femme, la cinquantaine élégante et détendue, attire son regard. Elle lit et le monde lui appartient. Comme chez elle. Elle a retiré ses chaussures, à l'aise, enveloppée dans une étole, un léger sourire aux lèvres. La lecture fait d'elle dans cet aéroport agité une vraie reine solitaire et heureuse. Inexplicablement Simon en ressent une bouffée de joie. Soudain – est-ce son regard trop insistant qu'elle a perçu ? – elle relève la tête. Comme un enfant pris en faute, il se plonge dans son journal mais il a eu le temps de capter son visage. Un choc. Cette femme, c'est elle ? Ce n'est pas possible ! prudemment il la regarde à nouveau, elle a fermé les yeux et là, il revoit ses paupières baissées, sur son divan.

Est-ce vraiment elle ? cela fait tant d'années. Et l'a-t-elle reconnu ? Il suffirait qu'il réentende sa voix. Sa voix si singulière.

Il pourrait se lever, tout simplement, et aller la saluer mais non c'est impossible. Ça, c'est bon pour les amis. Elle, si c'est bien elle, a été cette énigme vivante sur son divan. Et elle avait cette voix inoubliable quand elle consentait à parler.

Lucie F. ?

Un haut-parleur fait son annonce en plusieurs langues. Tout un groupe de gens se lèvent et se dirigent vers leur embarquement. Elle aussi. Elle a remis à la hâte ses ballerines et filé, un sac léger sur l'épaule. Elle ne s'est pas retournée, ne l'a pas regardé. Ce n'est pas elle ? Sa mémoire lui joue des tours ? Ou alors a-t-il changé à ce point ?

Sans mesurer ce qu'il fait, il attrape ses affaires et suit de loin le groupe. Il a besoin de voir la destination du vol. Savoir où elle va cette fois. C'est idiot mais tant pis.

Le bel intérêt de Simon pour chaque détail de la vie autour de lui, bien présente, c'est fini ! Le voilà repris par la mémoire.

Il marche derrière le groupe, dépasse la file qui se forme et regarde le nom de la destination.

Il n'y a pas de hasard ? Vraiment ? Il revoit la terrasse aux bougainvilliers, le ciel bleu de l'aquarelle. C'est là qu'elle va ? Avait-il besoin de ça aujourd'hui alors qu'il cherche ce qui serait neuf à vivre ? Pas ressasser, non, ah non ! Il retourne s'asseoir et il s'en veut c'est stupide. Des cas irrésolus, troublants, il y en a eu dans sa vie de psychanalyste, et alors ? Fallait-il qu'il suive cette femme, qu'il tombe sur cette destination ? Mais comment comprendre que les choses s'imbriquent ainsi par-devers nous… ah le hasard ! Et le mot de "destination" ! tiens il a de quoi s'amuser avec ça !

Retrouver son état bienheureux maintenant, c'est fichu. Comme tout cela est fragile.

Lucie F.

Simon refuse de toutes ses forces de s'y attarder. Au moins a-t-il vu de ses yeux, si c'est bien elle, qu'elle a l'air d'aller fort bien ! Il devrait s'en tenir à ça et s'en contenter. Mais non.

Il cherche un livre, le remède éprouvé à tout. S'enfoncer dans la lecture. Oublier. Il attrape le tout petit livre glissé dans sa poche par Mathilde Mérelle quand ils ont pris leur dernier café ensemble sur le port. Il a été touché par l'intimité du geste, essaie de s'en tenir là, de revenir à lui-même, à ce geste à la fois timide et hardi, à son histoire à lui, aujourd'hui, lui qui part comme il ne se l'est jamais permis dans sa vie. Avait-elle vraiment les larmes aux yeux ? Elle lui avait préparé deux autres livres. L'un du même auteur, Jean-François Billeter, qu'il ne connaît pas, et l'autre d'une femme, calligraphe, Fabienne Verdier, dont il a entendu parler, mais par qui ? il y a longtemps. Ces trois livres ont en commun d'être minces. Écrits pour qu'on puisse passer beaucoup de temps à réfléchir, à rêver entre les lignes, lui a dit Mathilde. Il aime ça. Allez. Oublier les paupières closes de Lucie F. La vibration de sa voix. Oublier le nom du lieu qui s'est affiché au-dessus du bureau d'embarquement. Se laisser reprendre par son voyage à lui. Rien que son voyage.

Mais il n'y peut rien, il a maintenant l'esprit éparpillé, le cœur qui bat trop fort. Il s'efforce de respirer lentement, se remémore les quelques exercices de souffle qu'il pratique trop peu souvent. Tout va reprendre sa place. Il suffit de réussir à laisser les mots faire leur travail. Un seul mot peut l'embarquer. Il le sait, s'efforce de ne pas relever la tête de sa lecture. Ça va aller, ça va aller.

Il ne sait pas que la femme s'est retournée, très discrètement, qu'elle a pris ses lunettes dans son sac pour être sûre : cette silhouette qui s'éloignait à grands pas, c'était celle de son ancien psychanalyste ? S'il savait tout le chemin qu'il lui a fait faire.

Simon est entré dans l'avion. Il a pris sa place contre le hublot. Il a toujours son livre à la main. Il y a des mots qui vous sauvent. Mathilde a bien choisi. Cet auteur qu'il ne connaissait pas a l'art des phrases simples et profondes. Il faut du temps pour arriver à ça. Les mots, Simon, il connaît. Ceux-là viennent de loin, il le sent, et ils ont sur lui un effet bienfaisant. Il ne sait pas s'il va poursuivre la lecture pendant le vol mais de tenir le livre entre ses mains, déjà, c'est bien. Un peu de calme posé sur ses genoux.

On a les viatiques qu'on peut.

Il pense au bol cassé au fond de l'armoire. Il a failli le glisser dans son sac, a renoncé en se traitant d'idiot. Il l'a quand même enveloppé de papier bulle comme s'il allait lui aussi voyager et d'un pull aux manches serrées autour. On prend dans ses bras comme on peut.

Il revoit le sourire ironique de celui qui refusait de prendre la vie au sérieux. Jusqu'au bout. Mais je ne prends que les choses sérieuses au sérieux Simon. Toi, tu prends TOUT au sérieux ! voyons, c'est ça qui n'est pas sérieux !

Ah il avait l'art de se jouer de tout, Mathieu, quelle séduction il exerçait sur les jeunes êtres simples qu'ils étaient tous alors. Ou qu'ils croyaient être.

Mathieu fascinait tout le monde, depuis l'enfance. C'était facile. Il prenait le contrepied de tout. Mais il le faisait avec une grâce qui n'appartenait qu'à lui. Il maniait le langage comme un dieu. La vieille rage une fois de plus, embusquée dans la poitrine de Simon. Tout ça ne le quittera donc jamais. Il lui en veut encore et pourtant il lui manque. C'est du pouvoir qu'il prenait par les mots qu'il lui en veut ? De l'envie ? non. La conviction que le mal, c'était ça ! cette utilisation perverse du langage. Et ne pas pouvoir s'empêcher de l'aimer quand même. Mathieu parvenait à ses fins. Toujours. C'était son ami depuis l'enfance. Le frère qu'il n'avait jamais eu. Et les frères peuvent trahir.

L'hôtesse passe avec discrétion proposer des lingettes, des bonbons. Il lui sourit, refuse d'un geste de la main. Il voudrait un café. Il va falloir attendre. Il ferme les yeux.

Oublier on ne peut pas.

Il sait que tout peut devenir vivable. Tout. C'est son métier. C'est miraculeux comme les êtres humains peuvent se rétablir.

Tant qu'il a assumé cette tâche pour les autres, il s'est senti convenablement bien. Mais maintenant. Il est seul devant sa propre énigme et c'est ce qu'il a voulu. Il imagine le sourire ironique de Mathieu Eh oui mon vieux, à un moment on n'a plus que sa peau.

Lui a-t-il vraiment dit ça un jour ou est-il en train d'inventer ce qu'il lui dirait s'il était là ?

Simon tente de lire à nouveau mais n'y parvient pas.

L'hôtesse repasse. Tant pis pour le café ce sera un alcool, ça l'aidera à dormir. À côté de lui un jeune homme regarde un film. Il se tourne vers Simon, lui sourit aimablement. Simon fait un hochement de tête. Il s'en fout. Il veut juste arriver. Là où tout sera différent, où son attention sera sollicitée en permanence par des choses nouvelles. C'est ça qu'il veut. Le visage des gens, leurs vêtements, les enseignes dans les rues, l'architecture. Que tout soit nouveau ! qu'il soit enfin arraché à tout ce qui le retient ! Et découvrir. Découvrir. Allez savoir quoi.

Il ferme les yeux.

S'est-il endormi longtemps ? le jeune homme près de lui a la main sur son épaule, il le secoue doucement. Simon a un recul brusque.

Excusez-moi mais vous avez dû faire un cauchemar, vous avez crié.

J'ai crié ?

Oui… j'ai pensé qu'il valait mieux vous réveiller…

Simon grommelle Oui, oui… merci… Sa voix a du mal. Les sons sont empêtrés dans sa gorge. Et sa gorge lui fait mal. Il lui faut un temps pour réaliser où il est vraiment.

Vous avez besoin de quelque chose ?

Il doit avoir l'air défait, à voir la mine apitoyée du jeune homme. Ah il déteste ça, l'apitoiement. Il se redresse, se reprend, tente comme on dit de se recomposer un visage.

Je suis désolé… Ça doit être l'air conditionné… Désolé… et il se demande s'il a parlé pendant son sommeil. Il ne se rappelle rien de ce qu'il a pu rêver, aucune image, juste la sensation dans tout le corps d'un resserrement. Satanée ceinture qu'il n'a pas défaite. Il n'ose pas questionner le jeune homme qui est retourné à son film.

Jusqu'à l'arrivée il se promet de rester réveillé. Trop peur de divaguer à nouveau. Mais de quoi a-t-il donc rêvé ? D'où vient ce cri ?

Après tout, ça lui arrive peut-être souvent de crier la nuit mais il ne le sait pas. Comment savoir puisqu'il est seul, que personne ne l'entend et que personne ne lui dira rien. Il n'aime pas cette idée. C'est ça la solitude ?

Depuis combien de temps n'a-t-il pas senti une autre respiration près de lui en s'endormant.

Il jette un œil sur le film que regarde le jeune homme. Sans le son, les gens qui parlent ont toujours l'air un peu ridicules.

Il se rencogne autant qu'il le peut dans son siège, essaie de penser à nouveau à Mathilde Mérelle, pour reprendre pied dans une réalité souriante. Il revoit cette façon qu'elle a de hausser légèrement les épaules, on ne sait pas pourquoi. Elle a fait des études d'histoire et de philosophie. C'est une tête cette fille, comme on dit. Les psychanalystes ont des chemins si divers. Lui, il a fait médecine sans trop savoir pourquoi. Puis psychiatrie. C'est là qu'il a commencé à se passionner vraiment pour ses études. Il a même été brillant. Il aurait pu faire une plus belle carrière mais l'envie de la carrière et ce que cela suppose, il ne l'avait pas. La psychanalyse le passionnait. Peu à peu il a raréfié ses consultations de psychiatre. C'est la psychanalyse qui est devenue sa vraie route.

Il repense à ses années à lui sur le divan. Puis les années où il a continué avec Madame L., son contrôle. Elle était déjà âgée. Elle est morte il y a quelques années et il ne l'a remplacée par personne. Tant qu'elle était encore vivante, il savait au moins qu'elle était là… C'est loin.

Quand il avait commencé à s'intéresser vraiment à la psychanalyse, Mathieu s'en était moqué, évidemment.

Il regarde la couche de nuages au-dessous de l'avion. Quelquefois une percée plus claire et cette étrange sensation d'immobilité.

Peu à peu sans s'en rendre compte il se rendort.

Cela a été moins difficile qu'il ne le craignait d'atteindre sa destination. Mais il est dans un état second. Le voyage a été trop long. Hervé a bien fait de ne pas l'écouter quand il lui soutenait qu'il pouvait tout faire d'une seule traite ! Déjà malgré l'étape de la nuit à Tokyo, il sent la fatigue lui alourdir les jambes, la tête.

Aujourd'hui il s'est levé très tôt pour prendre un autre vol et rejoindre enfin les îles Yaeyama.

Hervé avait pris très au sérieux son désir d'absolu dépaysement. Il lui avait dit Si tu vas à Kyoto bien sûr tu vas adorer, c'est d'une beauté incomparable mais tu n'auras peut-être pas ce que tu cherches. Tu as vu, tu as lu déjà beaucoup de choses sur cette ville, ses temples, ses artisans. Garde-la pour ton retour. Pour le complet dépaysement je t'ai trouvé autre chose. Les îles Yaeyama. Une végétation subtropicale et des traditions respectées. Un beau contraste. Et puis si tu veux marcher et nager, là-bas c'est le paradis. Il faut en profiter tant qu'elles ne sont pas encore trop connues.

Bon. Le voilà sur l'île où il va séjourner. De savoir la mer tout autour de lui, il se sent mieux.

La sensation de ne plus s'appartenir vraiment, elle a été intense à l'arrivée à Tokyo. Être dans des files d'attente, passer des guichets. Il a à peine eu le temps de saluer son jeune voisin qui, lui, commençait un stage à Tokyo. Il n'a pas pu s'empêcher de lui demander, à la volée, s'il avait parlé pendant son sommeil. Puisqu'ils ne se reverront jamais... Le jeune homme a répondu, gêné, rapide, Vous avez appelé votre mère. Et il a filé.

Mon dieu.

Il a suivi les passagers qui comme lui allaient chercher leur bagage, un peu hébété. Il avait appelé sa mère ?

Maintenant il est arrivé. La voiture prévue est bien là, à l'attendre. Il peut enfin relâcher sa vigilance, se laisser aller. Le conducteur ne parle que quelques mots d'anglais mais c'est suffisant. Il sait où il va, travaille pour la maison d'hôtes où il se rend. Simon comprend qu'il s'appelle Nori et se laisse glisser dans le soulagement d'être pris en charge.

Le trajet ne lui semble pas long.

Et le voilà qui fait du regard le tour de ce qui va être son domaine. Avant même de lui faire rencontrer son hôtesse, Nori l'a conduit à sa chambre. C'est visiblement l'homme à tout faire de la maison. C'est bien de pouvoir se poser un moment avant de rencontrer qui que ce soit, de devoir parler.

Sentir le lieu, seul.

Une grande pièce ouverte sur un jardin, ça lui plaît. Suffisamment confortable pour cette sorte de retraite qui va être la sienne. Rien de trop, comme il l'avait souhaité. Des tons clairs, doux. Ça ira se répète-t-il, ça ira. Nori a tenu à s'occuper de sa valise. Ça l'a gêné. Mais la façon souple de cet homme ne manque pas de fermeté. Simon pense même autorité. Il s'est laissé faire. Après tout.

Nori lui montre tout ce qui lui sera utile pour son séjour.

Il y a plusieurs habitations comme la sienne. Il en a compté deux autres. Sont-elles toutes trois occupées, chacun dans son "chez-soi" ? Il regarde la vue qu'il a du jardin. Et là, juste en face, les fleurs rose vif d'un bougainvillier. Décidément. Hervé lui avait bien dit Tu verras, ce sont les Antilles du Japon. Simon oblige son regard à se détacher du bougainvillier, à explorer de loin le jardin. Des plantes qu'il ne connaît pas. Une végétation luxuriante. En face, sur sa gauche, il repère ce qui semble être un autre bâtiment, d'un seul tenant. Une silhouette passe devant les fenêtres. On dirait une sorte d'atelier.

Il s'assoit à la table, devant un bouquet chaleureux aux tons orangés. Le vase est beau, élancé, en céramique brune. Il est touché de l'attention. Il pose un instant la tête sur ses bras repliés, le regard tourné vers les fleurs. Que fait-il ici ?

La chaleur humide crée une torpeur dont il a du mal à sortir.

Le repas du soir est prévu dans la maison, c'était spécifié sur le site qu'Hervé lui a montré. Lui ne souhaite en cet instant que préserver sa solitude. De toute façon pour aujourd'hui, il n'a plus envie que d'une douche et de s'allonger. Boire lui ferait du bien. Se faire un thé mais avant avaler un verre d'eau. Sentir quelque chose de frais lui couler dans la gorge. Décidément la clim des avions, il ne supporte pas. Dans le petit réfrigérateur il y a tout ce qu'il faut. L'eau lui fait du bien. Il va à la salle de bains, passe aussi de l'eau fraîche sur son visage, au creux de ses poignets. C'est ce que faisait sa mère quand elle avait trop chaud.

Il n'a guère le temps de s'attarder. Déjà quelques petits coups à la porte. Nori est là à nouveau. Son hôtesse Madame Itô Akiko l'attend. Cette fois Nori est souriant. Pendant tout le voyage, il a gardé un sérieux proche de la froideur. C'est l'évocation de la maîtresse des lieux qui le réjouit ? Peu importe Simon se rend compte qu'il a bien besoin de marques de sympathie. Alors il sourit en retour.

Première surprise Madame Itô Akiko est plus âgée qu'il ne pensait. Elle n'est pas non plus vêtue de façon traditionnelle comme il l'avait imaginé, et même s'il s'en défend il est un peu déçu. Madame Itô tient une maison d'hôtes bien particulière. Elle est collectionneuse de tissus anciens et sa collection est assez célèbre. Elle a trouvé ses tissus dans les coins les plus reculés. Aujourd'hui elle a créé cette maison où les gens qu'elle reçoit ont accès à sa collection et à des visites chez des artisans triés sur le volet. Elle organise tout. Simon n'a pas hésité longtemps quand son ami Hervé lui a parlé de cet endroit.

Je crois que je t'ai trouvé un lieu à part, Simon, vraiment particulier, tu peux me faire confiance. Et Simon lui avait fait confiance. Il lui avait bien spécifié qu'il souhaitait séjourner dans un endroit loin des sites touristiques. Il voulait à la fois s'intéresser à la culture traditionnelle et nager, marcher. Seul.

Ils venaient de finir une partie passionnante. Ils étaient tous les deux dans cet état qui suit une concentration intense, avec leurs cigares. Le voyage de Simon, Hervé le prenait à cœur. Il était même flatté que Simon lui demande de l'aider. Ce n'était pas dans ses habitudes de demander quoi que ce soit. Hervé savait éviter les pièges à touristes et dénicher des endroits plus intéressants. Simon s'était laissé aller à raconter ce qui le faisait rêver. Il avait évoqué les jardins, les pierres, il avait toujours aimé les pierres et aussi les tissus, ces fameux tissus anciens dont Mathilde Mérelle lui avait montré les photographies. Son départ le rapprochait de son ami. Il se confiait ainsi rarement.

Il ne savait pas combien de temps il resterait, voulait se sentir libre. Hervé l'avait regardé en souriant C'est tout… ? Bien, mon cher Simon on va voir ce qu'on trouve mais je ne veux pas que tu m'en veuilles après si ça ne colle pas et qu'on gâche nos parties ! Simon avait promis. De toute façon il se sentait incapable de se lancer seul dans des recherches… Il fallait que ça aille vite.

Et on peut peut-être continuer nos parties par internet ? avait lancé Hervé.

Pourquoi pas ? mais je ne veux pas me charger d'un ordi…

Ne t'inquiète pas il y en aura forcément sur place, je m'en occupe. Pour le budget, tu as une limite ? Et Simon avait royalement répondu Non.

Depuis le temps que finalement il ne dépensait pas grand-chose avec son mode de vie sédentaire et travailleur, ça allait changer !

Et voilà. Hervé avait mis quelques jours. Simon le pressait mais son ami répondait Tu as des exigences, mon vieux, laisse-moi le temps de chercher quelque chose de bien.

Il pourra vite le rassurer : le lieu correspond bien aux photos et lui a plu d'emblée. Une maison sobre, simple, avec des piliers en bois et le toit en tuiles rouges surmonté du *shîsâ*, le gardien mi-lion mi-chien qui éloigne les mauvais esprits. Les murs qui entourent la propriété, recouverts du sable mêlé de corail si particulier ici. La maison au fond d'une belle allée. Une sensation de solidité qu'il n'attendait pas au Japon vu ce qu'il en avait lu. Une assise rassurante, voilà ce qu'il s'était dit en suivant Nori dans le couloir qui le faisait passer de la maison proprement dite au pavillon qui lui était réservé. Pour le reste, il allait voir.

Madame Itô le surprend par son français délicat et presque sans accent. Elle n'est pas très grande, vêtue d'un pantalon large et d'une sorte de blouse évasée à la taille, les deux dans des tons de vert très proches de la végétation qui entoure la maison. Elle parle lentement. Ne soyez pas étonné, j'ai fait des études de lettres à la Sorbonne en mon temps. Elle a un sourire amusé. Il écoute sa voix. S'il fermait les yeux, penserait-il qu'il a face à lui une vieille dame japonaise ? Certainement pas. Il chercherait peut-être d'où vient sa façon particulière de prononcer les voyelles… mais elle a la voix grave et un peu rauque des fumeuses et c'est sans doute ce qui le surprend le plus. Une Jeanne Moreau dans son genre. Elle vient de lui proposer une tasse de thé, ne le regarde pas. Lui observe les couleurs de son vêtement. Il en fera une description aussi précise que possible à Mathilde. Mais comment nommer ces tons sans faire référence aux plantes qu'il a aperçues et qu'il ne connaît pas… Mathilde, quand il songe que c'est tout de même grâce à elle qu'il est ici.

Il dit Je ne suis pas un grand voyageur.

Moi non plus cher Monsieur, j'ai voyagé dans ma jeunesse. Et puis c'est ici que je suis revenue, depuis bien des années. Mes seuls voyages sont réservés à ma collection.

Elle a servi le thé et son regard s'est posé sur lui, d'une façon si légère qu'il aurait pu ne pas même s'en apercevoir. Mais il a trop l'habitude lui-même d'observer pour que ce regard lui échappe.

Je suis honorée que vous ayez choisi ma maison. Il sourit. Ici, les choses sont simples. Si vous souhaitez prendre vos repas avec nous, c'est possible. Sinon vous trouverez des auberges agréables pas bien loin. Nous pouvons aussi vous porter un plateau dans votre appartement si vous le souhaitez.

Simon se détend. Sa liberté sera respectée. Il se risque à poser une question même s'il a lu il ne sait plus où qu'au Japon on ne questionne pas. Tant pis !

Vous recevez des voyageurs depuis longtemps ? Elle prend son temps avant de répondre Oui, mais nous n'avons que trois pavillons. Et en ce moment vous êtes notre seul occupant. C'est mon mari qui peu à peu a aménagé les lieux. Avant, c'était la maison de sa famille. Nous nous sommes d'abord préoccupés de la partie où nous vivons, celle qui abrite ma collection, puis l'idée est venue d'accueillir des hôtes, ceux qui s'intéressent vraiment à ce qui nous intéresse aussi. Un choix qui permet un partage plus intime. Il y a parfois des groupes qui viennent visiter la collection et chaque année, les enfants de l'école… mais rassurez-vous, cela se passe dans l'autre partie de la maison et vous ne serez absolument pas dérangé.

Il écoute. Elle le surprend encore en lui tendant un paquet de cigarettes. Il ne fume pas. Cela ne vous dérange pas ? Elle se lève et se dirige d'un pas léger vers la grande baie sur le jardin. Elle lui paraît soudain bien plus jeune, debout, sa cigarette à la main tenue délicatement entre deux doigts fins. De belles mains.

Le thé a un goût un peu fort pour lui mais il décide de s'y faire. Dans sa main, la tasse est ronde, chaude. Il revoit un instant son vieux bol bleu. Entier. Il repose la tasse et laisse ses doigts glisser sur la céramique, une belle couleur de terre rouge sombre. Il pense au soleil couchant, aux paysages qu'il a hâte de découvrir. Il est reconnaissant soudain à cette femme parce qu'il est traversé par un élan pour les jours à venir malgré la fatigue et la sensation de ne pas être complètement arrivé. Pas entièrement. Une sensation qu'il ne peut se contenter d'expliquer par le décalage horaire. Quelque chose de plus profond. Est-ce que lorsqu'il n'est pas arrimé à son travail il est vraiment présent ?

Il la remercie de son accueil, sent qu'elle ne le retient pas.

Prenez votre repos cher Monsieur, nous aurons tout le temps pour faire plus ample connaissance si nous le souhaitons. Il aime ce "nous" qui implique qu'elle aussi choisit son degré de relation avec ses "locataires" éphémères. Quand vous le souhaiterez je vous ferai faire une visite de ma collection. Vous rencontrerez mon mari qui est encore dans son atelier. Il n'en sort que rarement. Ce n'est pas un grand parleur mais vous verrez, cette maison est imprégnée de sa présence. Oh mais je vous retiens et vous êtes fatigué. Excusez la bavarde que je suis. Elle rit. Simon la regarde. Sa simplicité d'accueil lui plaît.

Elle lui tend des brochures écrites à la main avec soin Cela vous donnera une idée de ce que vous pouvez voir et faire ici et dans les autres îles qu'on peut rejoindre facilement en ferry. Il demande On peut aller à la mer à pied, je crois ? Oui c'est une belle promenade et nous avons aussi des sources chaudes où l'on peut prendre des bains. Ah voilà qui avait échappé à Hervé ! se dit Simon. Étonnant ! C'est une bonne surprise. Elle ajoute Ce sont des sources spéciales… comment dire… réservées. Si cela vous intéresse je vous en parlerai davantage. Simon la remercie encore.

Il a reposé sa tasse sur le plateau en bois mais elle la lui tend après avoir posé sa cigarette au bord d'un délicat cendrier bleu.

Devant son air surpris elle dit C'est une sorte de rituel, je choisis toujours une tasse pour mes invités avant de les rencontrer. J'espère ne pas m'être trompée pour vous. C'est un petit cadeau de bienvenue dans ma maison.

Simon reprend la tasse avec précaution. Elle est chargée maintenant d'une intention surprenante et chaleureuse. Il ne s'attendait pas à l'émotion qui l'envahit d'un coup. Oh comme il est vulnérable. Il faut vraiment qu'il se repose. Il murmure Je vous remercie infiniment. Elle a un geste ouvert du bras pour lui désigner le couloir où il s'engage à nouveau, seul cette fois, comme si elle lui ouvrait une porte. Mais elle n'a pas bougé.

De retour dans sa chambre, il s'allonge sur le lit bas et garde la tasse auprès de lui. Il la contemple en la tenant avec précaution. Le rouge sombre est chaud et comme éclairé de l'intérieur. Cette lumière retenue, discrète, comme filtrant à peine, c'est ça qui la rend si belle. Il l'observe de plus près. L'impression de lumière vient d'un trait d'or qui sinue sur la céramique. Un trait sans dessin particulier, qui s'interrompt et reprend, de façon apparemment aléatoire. Il suit le trait du bout de l'index tout autour de la tasse. La couleur rouge n'est pas égale partout. Simon voit des nuages ou des vagues. Un mouvement contenu. Il se laisse emporter par une rêverie de paysage. C'est très beau. Quand il sent que sa main commence à lâcher prise, il pose avec précaution la tasse sur la table de chevet et ferme les yeux.

La nuit est-elle venue ? Le sommeil de Simon est traversé de rêves, d'images mais il ne se rappellera rien quand il s'éveillera quelques heures plus tard. La nuit est toujours là. Y a-t-il eu des pas dans le couloir, des portes qui glissent et se referment ?

Il se lève, l'esprit encore embrumé, il a à nouveau besoin de boire de l'eau fraîche. La chaleur est lourde à supporter. Il se déshabille et se glisse dans le lit. Il n'a même pas ouvert sa valise. Il caresse la tasse rouge de la main très doucement. La vie est plus inventive que ce qu'on imagine, pour peu qu'on veuille bien la laisser faire. Il continue à caresser la tasse du bout des doigts et l'image de Lucie F., son sac sur l'épaule, se fraie à nouveau un chemin dans le songe où il se laisse dériver. Car c'est bien elle, il en est sûr, qu'il a vue à l'aéroport. Il la revoit, les paupières closes, allongée sur son divan, cette voix qui l'embarquait... puis sa pensée va vers Louise qui aurait pu au moins rester son amie d'enfance toute sa vie s'il n'y avait pas eu tout ce gâchis... Ah, Simon soupire. Ne pas aller de ce côté. Se garder de tout ça qui revient trop vite. Il est ici pour voir des choses nouvelles, penser la vie de façon nouvelle. Est-ce que ce n'est pas trop demander ? Mathilde Mérelle peut-elle devenir une tendre amie... s'il parvient à ne pas tout gâcher. Du désir pour elle, il en a, oui, un peu, mais ce n'est plus le désir tyrannique qu'il a connu il y a des années. Juste de quoi se rappeler qu'ils sont un homme et une femme et ça suffit ainsi.

L'amitié est plus légère, ouvre grand les possibles. Maintenant il préférerait cette rive-là mais il ne l'a jamais tentée avec une femme. En est-il capable ? Toujours sa méfiance.

Il se lève, va chercher le petit livre qu'elle lui a offert. Il prend la tasse et va à la carafe d'eau fraîche. Au passage il ouvre le réfrigérateur et voit qu'un petit plateau avec de quoi dîner y a été déposé. On pense à tout ici. L'eau est légèrement citronnée et il sent un autre goût, inconnu, avec celui du citron. Quelque chose d'astringent, de frais. Il apprécie.

Il a banni de sa vie les femmes finalement toutes ces années, ne leur a réservé que la place d'amantes de passage ou de patientes. À distance de toute façon, quel que soit le cas de figure.

Ses seuls amis sont des hommes. Encore y en a-t-il peu qui ont résisté à ses remarques parfois cinglantes, à ses silences.

Demain il écrira à Hervé pour le remercier.

La fatigue le rattrape. Il tourne la tête vers la table de chevet, la lumière de la lampe est douce. La tasse rouge, le livre. Voilà. Un petit monde, le choix de Mathilde Mérelle, celui de Madame Itô Akiko. Il pense aux tissus anciens, aux corps qu'ils ont vêtus et à la mer où il ira nager demain. C'est avec ces images qu'il s'endort.

Simon passe d'étranges jours dans la maison de l'île. La torpeur le saisit souvent. Il faut que son corps s'accoutume à la chaleur humide. Il a découvert une plage magnifique où il se rend tous les jours. Il reste longtemps, à contempler l'eau turquoise, transparente, si différente de son océan. Il nage longtemps. Il perd la notion du temps.

La nourriture qu'on lui propose est succulente, à base de ce que la mer offre. Il mange dans le silence de sa chambre, devant le jardin. Il goûte chaque bouchée en s'attardant, découvrant les saveurs, les reconnaissant d'un jour à l'autre parfois. Il boit le thé qu'on lui prépare. Il boit aussi l'alcool qui lui est offert avec le repas, versé dans une petite tasse noire.

Il ne demande rien. On ne lui demande rien.

C'est une paix comme il n'en a jamais vécu.

Peu à peu sa tête se vide.

Parfois il revoit sa maison mais c'est comme si elle faisait partie d'une autre île, dans l'archipel qu'il habiterait et qui serait sa vie. Parfois il se sent comme un convalescent, quelqu'un qui aurait à retrouver sa force, lentement, précautionneusement.

Son hôtesse, Madame Itô Akiko, est remarquablement discrète. Elle envoie Nori apporter, puis débarrasser les plateaux. Il s'assure à sa façon que Simon ne manque de rien, range ce qu'il faut dans le réfrigérateur et fait le ménage pendant qu'il est sorti.

Simon voit passer aussi le vieil homme qui doit être le mari de Madame Itô. Ils se saluent d'un signe de tête. Le vieil homme lui sourit comme on caresse la tête d'un chat au passage. Simon se dit qu'il devient le chat de cette maison et ça le fait sourire. Le vieil homme passe ses journées à l'atelier. Simon ne ressent aucune curiosité pour ce qu'il y fait. Les deux autres pavillons ne sont pas habités et il préfère. Il ne se sent capable que d'un minimum de civilité. Il n'a pas envie non plus de découvrir les tissus de Madame Itô. Pas encore. Il se laisse aller à cette sorte de langueur qu'il n'a jamais éprouvée.

Toute sa vie passée à écouter les autres. Il n'écoute plus personne. Il y a là une paix profonde et une tristesse. Aussi profonde l'une que l'autre. Il vient de déposer l'habit. Pas défroqué non, parce que sur sa route il n'y a ni dieu ni vœu éternel. Il s'éloigne simplement et il se sent de plus en plus nu. Parfois une question le saisit. Écouter et parler n'est-ce pas ce qui rend humain chaque être ? Est-ce qu'il n'est pas en train de trop s'éloigner ?

Sur la petite route de sable blanc qui mène à la plage, il croise des enfants, des jeunes garçons, un balai à la main qui balaient le sable. Ils le repoussent sur les côtés. C'est une tâche à recommencer chaque jour. Ils ont des balais de paille longue. Leurs gestes sont lents pour ne pas trop soulever les grains qui s'envolent. Il pense au théâtre nô, aux morts et aux vivants, au sable. Les enfants l'ont d'abord regardé avec curiosité. Maintenant ils le saluent en souriant et il leur rend leur salut. Des sourires, ça lui suffit. Il a le corps qui appelle l'eau, ça il connaît bien. Il nage longtemps, lentement. Il attend l'épuisement bienheureux qui le fait retourner sur la plage, à l'abri d'un des arbres qui offrent leur ombre sans se soucier de qui s'y installe. Il se sent merveilleusement de passage. Jamais il ne l'a autant senti. À la fois étranger et accepté avec cette grâce tranquille des habitants d'ici.

Parfois un vent bienvenu apporte de l'air, pas vraiment de fraîcheur mais la sensation de l'air sur la peau et c'est bon. Ce n'est pas encore le *majai*, le vent d'avant l'été. Est-ce qu'il restera assez longtemps pour le sentir ?

Il s'allonge ou reste assis à contempler le paysage. Il y est seul la plupart du temps. Si des gens passent ils restent à distance après un salut.

Il a avec lui un livre et son carnet qui ne le quitte plus.

Avec son livre et son carnet il recrée un chez-soi.

Il vit dans un entre-deux où c'est son corps qui appréhende le nouveau monde dans lequel il s'est plongé. Son corps comme éclaireur.

Après avoir envoyé à Hervé et à Mathilde un mot pour expliquer son arrivée et leur assurer qu'il est fort bien, il a du mal à reprendre le fil de la correspondance. Il n'a pas ouvert ce matin l'ordinateur portable mis à disposition dans sa chambre. Hier non plus. Savoir qu'il est en lien avec eux lui suffit.

Oui le lien est là mais comme en pointillé. Il y a la distance, la chaleur d'ici, ce paysage si radicalement différent, une langue qu'il ne connaît pas. Il lui faut du temps pour se sentir à la fois ici et là-bas. Il se glisse entre les pointillés en attendant et il y est bien. Sa liberté nouvelle, elle est là. Ce temps, il se l'octroie. Hervé comme Mathilde comprendront. Lui, il est dans une pause qu'il n'imaginait pas si radicale. Mais dans le fond n'est-ce pas ce qu'il voulait ?

Ne pas comprendre la langue d'ici, ne pas pouvoir même la lire, sans doute est-ce là qu'est l'étrangeté la plus intime. Et la paix. Aucune tentation de comprendre. Aucun sens à chercher. Rien.

Il retrouve l'état d'avant l'alphabet. C'est ce qu'il a toujours cherché. Y compris en menant ces cures qui ont occupé toute sa vie. Retrouver l'état sauvage d'avant l'alphabet. Ce moment où la pensée sait, d'un savoir archaïque, qu'elle est du corps. Avant tout du corps. Il est en train d'en faire l'expérience. Et il éprouve par son propre corps ce que c'est. Un état précieux. Celui d'avant toute chose désirée. La matrice de tous les désirs, elle est là.

Simon écrit des mots dans son carnet. Le silence de l'écriture ne rompt rien. Il convient. Ce silence-là est le sien. Vraiment. Ce n'est pas le silence de la parole qui se cherche ou qui laisse l'interlocuteur parler. C'est un silence qui écoute aussi bien les morts que les vivants. Plus ample. Un silence qui n'est pas soumis au temps des horloges. Un abîme profond à l'intérieur de soi. Et ici, pour la première fois, il ose s'y laisser glisser. Il découvre. Ce courage-là. Sa pratique de psychanalyste l'a toujours maintenu sur le bord. Très près. Au plus près. Mais sur le bord. Il faut bien que l'un des deux reste sur le bord quand l'autre s'aventure. Lui il a choisi d'être celui à qui on s'arrime pour pouvoir aller au plus profond. Aujourd'hui il se dit que ça lui a bien évité d'y aller.

S'il se rappelle ses propres séances d'analysant, il ne retrouve pas ce sentiment de l'abîme. Sans doute était-il trop jeune pour s'y aventurer. Le retenaient sur le bord ses désirs fougueux. Il voulait ah oui il voulait ! tant de choses à l'époque, pour lui et pour les autres. Il croyait que l'aventure de vivre c'était ça. Bon, il avait réussi à pas mal s'en débarrasser au fil de ses séances.

Reste que c'est aujourd'hui, seul, qu'il a la sensation de s'aventurer vraiment.

La peur est là. Bien sûr. Il la sent.

Et s'il restait ainsi, suspendu entre deux mondes, sans plus de désir ni pour l'un ni pour l'autre. Eh bien.

Il écrit le mot "peur" et il le lit. Un mot si bref pour dire ce qui empêche la vie d'être simplement ce qu'elle est, ce qu'elle pourrait être. Il regarde le mot comme si c'était une image. Un tableau.

Peur. Voilà. Quatre lettres. Ce n'est que ça. La bête qui peut manger le désir. Contenue dans les signes.

Il se rappelle sa mère dans la cuisine qui lui apprenait les lettres de l'alphabet sur un petit tableau noir. Il faisait des lignes et elle chantait de cette voix qui le bouleversait.

Alors il fait dans son carnet des lignes de peur. Sans réfléchir.

La répétition du mot scande quelque chose. Il pense à Lacan. De la répétition naît la différence.

Il pense à Jésus qui tend l'autre joue. C'est quoi la différence entre la première gifle et la deuxième ? La main du centurion hésite-t-elle parce qu'elle est consciente du geste ? Ou Jésus se débarrasse-t-il de la peur par la répétition annoncée ?

Simon maintenant a fait une page entière de peur. Il se promet qu'il en fera à chaque fois que ce sera nécessaire. Peu importe. Personne n'est là pour voir ce qu'il fait. C'est secret. Il faut le secret pour accepter de laisser les quatre lettres faire leur travail. Il attend. Se dire et accepter qu'il a peur. Il n'y a pas d'autre moyen pour affronter. Est-ce qu'il a toujours eu peur ? Est-ce qu'il y a toujours eu ça, tapi au fond de lui, à lui interdire de lâcher la barre ?

Il va nager. Le corps dans l'eau pousse la peur devant lui. Toujours plus loin. Il retrouve le sentiment de force que donne la lente avancée à chaque brasse.

Ce jour-là, il va plus loin et il voit une raie *Manta*. Hervé lui avait dit qu'il y en avait. Des *Manta alfredi*, moins impressionnantes que celles qui ont jusqu'à six mètres d'envergure. L'*alfredi*, du nom du prince Alfred, il l'a appris par son ami, n'a que deux mètres cinquante à déployer. Mais c'est déjà beaucoup. La voir là, devant lui, l'impressionne.

Soudain, la raie le surprend. Elle vient de sauter hors de l'eau. Une sorte de grand saut périlleux arrière. Il voit la face blanche ventrale et les petites traces de couleur qui la marquent. Il reste un moment indécis, n'ose pas aller plus avant. Elle est impressionnante et belle. Il sait que ce sont des animaux sensibles et inoffensifs.

Le voit-elle ? le sent-elle ? Il ne peut se défendre d'une peur archaïque devant le majestueux déploiement des nageoires. Est-ce qu'il la dérange ? Mais elle semble ne pas du tout se préoccuper de lui, continue à nager. Les raies ne s'arrêtent jamais. Il l'a appris aussi. Elles manqueraient d'oxygène. Ainsi sont-elles faites. Non, elles, elles ne s'arrêtent jamais. Elles en mourraient et elles le savent. Depuis qu'elles sont sorties du corps de leur mère, déjà prêtes à vivre seules.

Il s'apprivoise à sa présence. Au bout d'un moment il pense Nous nageons dans la même eau et c'est rassurant, il ne sait pas pourquoi.

Ils sont deux êtres vivants, de vies si différentes, et ils nagent dans la même eau. C'est tout.

Il s'approche un peu, une impression nouvelle l'envahit : il fait partie. Comme la raie *Manta*, comme les tortues, comme tous les poissons qu'il ne voit pas, comme le corail qui entoure l'île. Il fait partie lui aussi. Parce qu'il est vivant. C'est tout.

Il laisse entre lui et la raie une distance respectueuse de leur sensibilité respective. Elle ne s'enfuit pas, ne s'approche pas. Ils sont près des récifs de corail. Il reste un moment à la regarder évoluer. Il nage sous l'eau pour la voir mieux. La peur a reflué. La raie a sauté à nouveau hors de l'eau, comme un dauphin. Et lui en réponse se tourne sur le dos, fait la planche. Comme elle, il offre son ventre à l'air, à la lumière. Puis elle s'éloigne et lui retourne sur la plage.

Quelque chose en lui a cédé. Il n'est pas entre deux mondes. Il est bien dans ce monde. Autrement.

Ce jour-là, au retour, il décide d'aller à la petite auberge qu'il a repérée sur le chemin. Il s'installe et commande après avoir réussi à se faire comprendre, une bière qu'il trouve merveilleuse, délicieusement fraîche. Il faudra qu'il en demande à la maison de Madame Itô. L'homme qui le sert est souriant, prêt à s'occuper de lui en prenant tout son temps. Il n'y a pas d'autre client. Il lui apporte une carte et indique du doigt une ou deux choses pour aller avec la bière. Simon accepte. Il goûte des crevettes assez épicées, décortiquées et accompagnées de carrés de légumes croquants à la saveur très douce. L'homme explique par gestes en désignant les crevettes qu'elles viennent d'ici. Un élevage ? Simon se rappelle avoir vu quelque chose comme ça quand il a feuilleté les brochures données par Madame Itô. Il ne les a pas encore vraiment lues.

Entre lui et l'homme, quelque chose de chaleureux. Simon sort son carnet, regarde ses lignes de peur.

Une petite fille est arrivée, sans doute la fille du patron, elle se tient près de son père mais l'observe. Son père lui a donné une friandise en forme de boule, verte. Elle la grignote consciencieusement. En même temps, elle quitte le comptoir et s'approche, l'air de rien, de Simon.

Simon écrit Le Petit Poucet jette les cailloux blancs derrière lui dans le conte. Les vrais enfants les jettent devant eux pour les voir retomber dans la poussière ou sur les feuilles mortes. Parce que c'est beau. C'est la seule route possible.

La petite fille a posé un doigt collant sur la page de son carnet. Son père la gronde et la rappelle. Elle fuit comme un oiseau, rapide. Lui fait signe en souriant que ça n'a pas d'importance.

Il aime la trace de ce petit doigt sur la feuille de son carnet. Il ne l'effacera pas. Il l'entoure d'une ligne fine.

L'intrusion de cette petite empreinte dans son monde est un bon signe. C'est le jour de la raie *Manta* et de la trace d'une enfant sur la page. C'est le butin de la journée.

Il décide de rentrer, de poursuivre sa lecture de Jean-François Billeter puis de rejoindre Madame Itô et son mari pour la première fois, au dîner.

C'est la nuit. Après le dîner, il est resté longtemps devant le jardin obscur. Il n'a pas allumé en entrant dans la chambre. Dans sa tête ça vogue un peu et il ne déteste pas. Il a bu pas mal d'alcool avec Daisuke, le mari de Madame Itô. Le vieil homme tient bien le coup, sans doute mieux que lui.

Simon a besoin maintenant de laisser reposer les images. Celles de la collection à peine entrevue, une porte glissée, des empilements de tissus colorés sur des étagères de bois sombre. Au centre une longue table taillée dans le même bois que les étagères. C'est la table qu'il garde en tête. Cette simple et longue table.

Il revoit la main de Mathieu appuyant sur le bois d'une autre table, un jour, dans une maison qu'ils avaient louée avec des copains, toute une bande, dans le Sud de la France. Mathieu qui disait Tu vois, moi j'aimerais ça comme unique meuble si un jour j'ai une maison, une table où on fait tout, on mange, on travaille seul, on peut jouer aux échecs, lire, poser ses coudes et discuter avec des amis toute la nuit. Une maison c'est une table non ?

Simon s'entend dire tout haut dans le silence de la chambre Je ne sais pas.

Mathieu n'a jamais eu de maison. Il n'en a pas eu le temps.

Lui, il se passe de table.

Il a l'impression que Monsieur Itô vient de passer au fond du jardin. Une lumière s'allume dans l'atelier. Est-il au travail ? Après ce repas ?

Il avait craint de devoir manger assis par terre mais le couvert était dressé à l'occidentale. Tout avait été succulent. Les saveurs, il faudrait trouver les mots pour les partager avec Mathilde quand il lui répondra. Il a vu qu'elle lui avait envoyé deux mails, ne les a pas encore lus. Hervé a entamé une partie d'échecs avec lui. Il faut qu'il lui réponde aussi. Plus tard plus tard...

Madame Itô et son mari sont des hôtes qui savent mettre à l'aise leurs invités. Ils ont une disposition naturelle à recevoir. Avec eux deux, tout est simple.

La céramique de la maison vient de l'atelier de Monsieur Itô, Simon l'a appris ce soir. Pendant tout le repas Madame Itô a traduit rapidement les paroles que le vieil homme échangeait avec Simon. Il se débrouille un peu en anglais mais pas du tout en français, lui avait-elle confié. Au bout d'un moment Simon oubliait les temps de traduction tant Madame Itô savait maintenir la fluidité de la conversation malgré les passages d'une langue à l'autre.

Il leur a parlé de la raie *Manta* et a appris qu'elle allait sans doute se "nettoyer" sur les récifs de corail. C'est leur habitude. La prochaine fois il faudrait qu'il voie ça. Et savoir pourquoi elles sautent hors de l'eau ? Ça, personne ne le sait. Quoique Monsieur Itô ait confié qu'il y avait un conte, dans son enfance, qui parlait des sauts des raies *Manta*. Mais il a ajouté en souriant que ce serait trop long, ce sera pour une autre fois.

Il n'y a jamais eu de question de la part de Madame Itô. Monsieur Itô, lui, en a posé une, vers la fin du dîner mais sa femme a ri et a fait signe que non, elle ne traduirait pas. Quand Simon a insisté pour qu'elle traduise, elle a continué à rire et à faire non de la main. Puis son rire a gagné son mari qui a haussé les épaules et pour finir Simon s'est laissé aller à rire avec eux, l'alcool et l'atmosphère détendue aidant. Il finira bien par savoir ce que voulait Monsieur Itô. Il a été invité à lui rendre visite à l'atelier.

Madame Itô a parlé d'une très ancienne technique qu'utilisait son mari. Il ne travaille que pour eux et quelques amis, ne vend pas, n'expose pas. Parfois seulement il accepte que quelqu'un vienne apprendre auprès de lui. Simon sent une belle sympathie pour cet homme.

Il s'est maintenant allongé sur le sol de la chambre de façon à voir par la baie ouverte, le ciel.

Une pensée saugrenue le traverse. Il faudrait toujours que du divan de l'analyste, on puisse voir le ciel.

Il a fermé les yeux, écoute les bruissements du jardin. Il entend ce qui lui semble être une chouette. L'appel de l'oiseau rend la nuit plus profonde. Rassurante. Ici il est bien. Ce couple veille sur lui et c'est une sensation qu'il n'a pas eue depuis longtemps.

Quand il rouvre les yeux il voit que la lumière est à nouveau éteinte dans l'atelier. Monsieur Itô a dû regagner la maison sans qu'il s'en rende compte. Il pense Comme une ombre.

Dans les rêves de Simon cette nuit-là il y a la raie *Manta* qui saute hors de l'eau. Il en gardera l'image au réveil. Peut-être y a-t-il eu aussi d'autres images, des visages venus de loin, des paroles que rien en apparence ne relient. Peut-être Madame Itô est-elle redevenue une jeune fille dans les rues de Paris et lui juste un petit garçon qui court avec son ami d'enfance sur une plage de l'île. Dans les rêves les morts comme les vivants n'ont pas d'âge.

Au matin, il décide de répondre aux mails. Ceux de Mathilde ont franchi un pas. Est-ce le silence de l'écriture qui lui permet cette proximité ? Elle parle de la tristesse qu'elle a de l'absence de Simon. Mais elle se traite immédiatement d'égoïste et espère que lui trouve ce qu'il est parti chercher. Parti chercher ? Simon reste un moment sur ces mots, la tasse de son petit-déjeuner à la main. Il hausse les épaules. Il n'est rien parti chercher. Elle lui invente une quête romantique ? Puis il poursuit sa lecture.

Elle a rencontré Hervé et ils ont parlé de lui. Tiens donc ! Elle parle du ciel de leur ville, de l'océan et du port. Il ne peut se défendre d'être touché par sa façon d'écrire la mélancolie. Rien sur son activité de psychanalyste et il lui en sait gré. Elle s'est lancée dans la lecture de Quignard puisqu'il lui en avait tant parlé. Elle avoue qu'avec une page elle a de quoi penser longtemps et ça le fait sourire.

Il est un peu agacé par les rencontres de Mathilde et Hervé cependant. Il n'est pas un adepte absolu du cloisonnement mais quand même. Deux personnes qui parlent d'une troisième, ça ne lui plaît pas. Surtout quand la troisième, c'est lui. Bien sûr il avait parlé de l'une avec l'un et de l'autre avec l'une…

et il sait qu'Hervé est toujours assez curieux des femmes qui gravitent autour de lui. Hervé depuis son veuvage campe dans le rôle de père et grand-père heureux mais n'a pas renoncé à quelques tentatives amoureuses. Rien jamais de durable. Il a même essayé les sites de rencontres mais il a fini par avouer à Simon que la rêverie lui convenait mieux finalement. Ce que Simon a immédiatement traduit intérieurement en fantasme. Aujourd'hui il se dit que rêverie était sans doute le mot juste. Mathilde a de quoi alimenter la rêverie, certes. Il soupire.

Il répond sur un ton dont il ne mesure pas la distance. Elle, elle la mesurera lorsqu'elle lira et en souffrira. Il lui parle des plages et de la chaleur humide à laquelle il s'habitue. Il dresse un portrait détaillé de Monsieur et Madame Itô, essaie de trouver les mots pour les saveurs délicates du repas. Mais il ne dit rien de ce qui se passe profondément en lui. Il ne parle pas de la vision de Lucie F. à l'aéroport pas plus que de l'empreinte précieuse d'un index d'enfant sur son carnet.

En fait il a envie d'écrire qu'il n'est surtout rien "parti chercher". Il s'est mis à l'écart, c'est tout. Il était temps qu'il prenne cet écart avec tout, même avec l'océan, c'est dire !

Ici il est dans une mer chaude et quand il en sort la chaleur est là, toujours. Au début ça l'a gêné. Maintenant il aime. Il ne peut s'empêcher de penser au temps d'avant toute venue au monde, cette chaleur protectrice. Il soupire encore.

Bien sûr rien de ces pensées-là ne sera envoyé à Mathilde. Ce serait trop. Mais répondre à une lettre, car c'est ainsi qu'il considère ces mails, enclenche la réflexion autrement et il apprécie. L'autre est là quand même. Et ce qu'on pense s'en nourrit. Surtout quand on ne lui adresse pas ses pensées. Il triche.

À nouveau en lui la peur, furtive, de trop s'éloigner intérieurement. Et puis cet élan qui dit Et alors ? La liberté c'est se donner le droit à l'écart, non ?

Il revoit Lucie F. Cette façon de porter son sac à l'épaule, hardie. C'est ça le mot qui lui vient "hardie". Il pense à la hardiesse de cette femme à l'aéroport. C'était dans la démarche, dans l'allure, ça il ne l'avait jamais vu chez elle. Et il le lui envie.

Quand elle arrivait, il se rappelle, il y a tant d'années, on aurait dit qu'elle glissait jusqu'au divan, ne croisait pas son regard. Puis elle fermait les yeux. Aurait-il pu seulement supposer la hardiesse qui se cachait au fond d'elle ?

Chez Mathilde, la hardiesse, il l'a perçue tout de suite. Et il s'en méfie. Les jeunes femmes en manque de père, non, il n'a aucune envie de tomber dans ce piège-là. Il s'en veut aussitôt de la réduire ainsi.

Il écrit quelques mots à Hervé en glissant quelque chose sur ses rencontres avec Mathilde. Il veut lui montrer qu'il sait. C'est dérisoire mais tant pis. Il repousse la partie d'échecs à distance, lui dit qu'il a encore besoin d'un peu de temps avant de retrouver ses capacités de concentration.

Quand il se lève, il est comme un enfant qui a gardé un secret. À la fois fier et embarrassé.

Ce jour-là il décide de rendre visite à Monsieur Itô dans son atelier. Arrivé devant la porte il appelle. Il ne s'imagine pas tapant à cette porte. La voix, c'est moins brutal.

Monsieur Itô a l'ouïe fine. Il arrive aussitôt, pieds nus et souriant, vêtu d'un large pantalon gris et d'une chemise grise aussi aux manches larges et relevées.

Ce qui frappe tout de suite Simon c'est la grande baie à l'opposé de la porte. Elle est ouverte largement sur un autre jardin. On ne peut pas l'imaginer du dehors. Monsieur Itô hoche la tête devant son étonnement. Il lui fait signe de s'approcher, le précède. Ils passent de l'autre côté.

Il y a d'abord un préau et sur des claies de bambou des pièces qui sèchent. Pas une semblable à une autre. Puis un sentier étroit bordé de plantes délicates, aux feuillages teintés légèrement de rouge. Tout au fond, une vraie forêt vierge. Monsieur Itô s'est engagé sur le sentier et Simon le suit. Il découvre alors, plus loin, un espace vide, presque circulaire, comme une clairière, devant un pavillon. De larges pierres au sol et quelques plantes, à nouveau, des bulbes gris dont s'élancent des tiges très fines, portant de petites feuilles arrondies, aux nervures en rayon. Ces plantes ont l'air à la fois très fortes avec leurs bulbes rustiques et très fragiles avec ces petites feuilles en ombrelles d'un vert tendre. Elles doivent demander des soins précautionneux. Il observe aussi des galets sur lesquels d'étranges étoiles sont posées. Le vieil homme en prend une et la met dans la paume de Simon. C'est un coquillage. Simon le contemple longuement. Monsieur Itô dit *Beach* et désigne une direction de la main, plus loin. *Another island.* Magnifiques petites étoiles blanches qui viennent d'une autre île. Apportées par qui ? Simon repose le coquillage étoile avec précaution sur son galet. Itô Akiko lui a bien dit que son mari travaillait uniquement pour des amis. C'est peut-être une façon de le remercier, d'une île à l'autre. Un troc de beauté.

Il découvre une lanterne sur le côté, posée sur un trépied en bois. Est-ce ici que Monsieur Itô se rend le soir ?

La visite s'arrête là et Simon n'ose pas indiquer la porte en bois du pavillon. Pourtant il aimerait savoir, comme un enfant curieux, ce qui se cache là derrière. Mais Itô Daisuke retourne vers l'atelier.

Il tend un paquet de cigarettes à Simon qui en prend une. Il n'est pas fumeur mais c'est une façon de s'installer avec son hôte. Le vieil homme lui désigne un siège bas en bambou. Lui-même ne s'assoit pas. Il retourne à la terre qu'il avait commencé à travailler, pose sa cigarette près de lui. Son crâne est doucement éclairé par la lumière du jour. Ses cheveux blancs accentuent la douceur. Ses gestes sont fermes et réguliers. Il parle et bien sûr Simon ne comprend rien mais cela n'a pas d'importance. Il comprend que Monsieur Itô explique ce qu'il fait ou peut-être lui raconte-t-il le conte de la raie *Manta* et de ses sauts hors de l'eau. Il peut imaginer ce qu'il veut. Cette liberté le ravit.

Il écoute cette voix aussi ferme et régulière dans son rythme que le geste des mains. Il apprécie cette façon de le recevoir. La différence des langues, comprendre ou ne pas comprendre n'a plus aucune importance. Ce qui importe c'est que Simon ait eu envie de lui rendre visite, et que Itô Daisuke ait eu envie de le recevoir, c'est tout.

Quand le vieil homme se tait, la voix de Simon s'élève aussi dans l'atelier. Il le remercie de l'accueillir aussi simplement et puis d'autres mots viennent, qu'il n'attendait pas.

Il n'a pas peur de parler. La langue inconnue lui fait un abri.

Il raconte qu'il a cassé un bol, dans sa maison, en France. Un bol auquel il tenait. Ce bol, c'était son ami Mathieu qui l'avait rapporté triomphalement d'une brocante en racontant toute une histoire sans doute inventée sur sa provenance. Ils avaient onze ou douze ans peut-être. Un simple bol de faïence bleue qui devenait un objet précieux par la voix de Mathieu. C'était son cadeau à la mère de Simon pour son anniversaire. Mathieu était devenu le frère qu'il n'avait jamais eu. Il n'était jamais pressé de rentrer chez lui. Simon savait peu de choses de lui. Mathieu vivait dans un quartier éloigné de la ville, à la réputation trouble, il avait des frères parfois brutaux, il lui arrivait d'avoir des bleus sur les bras. On joue, disait-il. Simon était un peu effrayé par le monde de Mathieu et l'habitude avait été prise de le voir s'installer de plus en plus longtemps chez lui. Entre sa mère et lui, Mathieu était heureux. Sa mère l'avait écouté raconter l'épopée du bol comme tout le monde l'écoutait, avec l'intérêt qu'il savait déjà susciter. Les années étaient passées. Simon avait oublié le bol.

Il l'avait retrouvé quand sa mère était morte et qu'il avait rangé ses affaires. Elle l'avait soigneusement conservé.

Sans réfléchir, il en avait fait son bol du matin. Pendant des années.

Et puis voilà, il l'avait cassé.

La voix de Simon le lâche. La tête de Monsieur Itô se redresse. Il le regarde. Bien sûr lui non plus ne comprend rien. Mais il entend.

Il se lève, vient le chercher, l'emmène près de lui et sans se soucier de son étonnement, il lui fait toucher la terre. Sa main appuie doucement sur celle de Simon. Quand Simon écarte sa main il voit que ses doigts ont marqué la terre de leur empreinte.

Après la plage, il retourne à la petite taverne, boit la bière et mange à nouveau les crevettes épicées. Il écrit dans son carnet que voir l'empreinte de ses doigts sur la terre l'a ému plus qu'il n'aurait pu l'imaginer. L'écriture ici, dans l'atmosphère chaude de la taverne, vient toute seule. Simon n'a jamais tenu de journal. Ses notes de travail lui ont toujours suffi. Maintenant, dans son carnet, il parle de lui et seulement de lui. Ce silence avec lui-même, creusé par les courtes phrases qui s'imposent, il le laisse prendre place.

Le soir il dîne seul, devant le jardin, son carnet auprès de lui.

Mathilde Mérelle cette nuit-là écrit aussi dans son journal Je suis touchée, bien trop, par le départ de Simon Lhumain. Elle s'arrête là.

Finies les conversations auxquelles elle tient tant, finis les petits dîners où elle a eu l'impression d'exister vraiment aux yeux d'un homme qu'elle estime. Depuis des mois, elle s'est appuyée, beaucoup, sur cette relation. Trop, se dit-elle encore.

Cette nuit, elle mesure.

Et lui revient la sensation d'abandon qu'elle connaît par cœur. Oui, par cœur et pas besoin d'être lacanienne pour entendre ce "par cœur". Les hommes l'abandonnent. C'est comme ça. Elle ferait mieux de s'y faire. S'endurcir un peu. Donner à ce cœur une protection. Elle manque d'armure.

La petite voix qui lui murmure qu'elle a choisi ce métier d'analyste pour être à l'abri des passions du monde revient. Oui, la place de l'analyste l'oblige au recul. Elle se protège avec cette distance. Elle croyait se protéger aussi dans la vie ? Mais non. Le cordonnier est bien le plus mal chaussé. La preuve. Il suffit qu'un homme qui n'est même pas son amoureux parte en voyage pour qu'elle se sente abandonnée. Fragile. Trop fragile.

Elle réfléchit et écrit. S'il donnait une date de retour, ça serait plus facile pour moi. Attendre, je sais. Quand j'étais enfant c'est ce que je savais faire de mieux. Compter les jours avant le retour de Papa. Chacun de ses voyages aurait dû m'habituer à son absence. Il n'aimait ni les adieux ni les retrouvailles. La mesure. Toujours la mesure. Elle se retient d'aller chercher les photographies de son père. Ah non ! pas ça ! Les coupures de presse, elle les connaît aussi par cœur.

Le musicien Jean-Paul Mérelle retrouvé mort dans sa chambre d'hôtel. Et les rumeurs... avec qui était-il ?

Sa mère l'avait secouée Avec qui ? cela n'a aucune importance. Ton père a toujours été seul. Fondamentalement seul. Alors qu'il ait eu de la visite ou pas cette nuit-là ou une autre, cela ne change rien.

Elle était bien placée pour le savoir, elle qui n'avait pas supporté de compter aussi peu pour cet homme, son grand amour de jeune fille. Elle l'avait quitté quand Mathilde avait dix ans. Mais des mois avant leur séparation déjà Mathilde sentait bien que sa mère n'était plus vraiment avec lui. Elle sortait beaucoup et en fille suspicieuse Mathilde observait. Un homme venait la chercher pour l'emmener au théâtre ou à un dîner alors que son père était loin. Toujours le même. Elle avait jugé cette mère avec toute la rigueur de son âge. Traîtresse. Menteuse. Dissimulatrice. Elle l'avait détestée, faisant peser sur elle et elle seule la séparation.

Il avait bien fallu qu'elle se rende à l'évidence pourtant. La vie de son père était truffée de liaisons qu'il ne cachait même plus. Mais lui, elle ne pouvait pas le détester.

Sa mère avait tranquillement refait sa vie, comme on dit, avec son chevalier servant. Les adultes se consolent facilement. Elle, elle ne s'était jamais consolée. Ni de cette situation, ni de la mort prématurée de ce père, inexpliquée, sans lettre, sans rien. Juste la disparition dans le sommeil programmé, les tubes de somnifère formant un dessin étrange sur la table de chevet. Un détail que ne manquaient pas de souligner les journaux. Était-ce le dernier message du talentueux musicien ? Cet alignement de tubes avait-il une signification ?

Elle avait cherché, s'était creusé la tête. En vain.

Jusque dans la mort, son père restait indéchiffrable.

Dans son cœur meurtri de petite fille, la paix n'avait pas trouvé de place. Et il suffisait que Simon Lhumain parte sans date de retour programmé pour que se réveille la blessure. Ah mais quand les cœurs nous laissent-ils en repos !

Simon marche désormais chaque jour tout autour de l'île en empruntant la petite route de sable blanc que les jeunes garçons balaient. Il s'étonne de la joie des enfants à faire ce qui lui apparaît comme une corvée. En fait il se rend compte que c'est un moment où ils se hèlent, se lancent des réflexions qui déclenchent rire ou colère, un moment où ils forment une petite société. Il ne s'est jamais intéressé aux enfants.

Il résiste de mieux en mieux à la chaleur humide et commence même à prendre plaisir à cette touffeur tropicale qui l'enveloppe dès qu'il sort. Toujours cette sensation de retourner à quelque chose de primordial.

Il prend à nouveau un thé seul à seul avec Akiko. Elle l'autorise à quitter le cérémonieux "Madame Itô" et il apprécie de prononcer son prénom. Elle lui apprend qu'il signifie Fille de l'automne. De ses voyages elle a gardé un esprit curieux et une capacité d'émerveillement qui le réjouit. Elle lui confie que son mari a eu goût à sa visite Il dit que vous avez bien parlé ensemble. Elle rit.

Simon lui aussi a aimé s'entretenir à leur façon avec Daisuke, il parle de sa voix, du rythme de sa voix, des silences aussi. Akiko ose alors une question Vous êtes musicien ? Simon sourit Non, j'aime écouter de la musique mais je ne suis pas musicien. Poète alors non ? Cette fois il rit franchement. Non pas poète non plus, j'aimerais mais c'est hors de ma portée je crois.

Voyant qu'elle n'ose pas aller plus loin Je suis psychanalyste. Oh fait Akiko. Et elle se tait.

Il a peur soudain que cela ne gâche l'aisance de leur rapport naissant. Les gens sont si souvent en recul une fois qu'ils savent, ou bien ils manifestent un intérêt très "intéressé" et c'est à fuir aussi bien. Mais c'est mal connaître Akiko. Elle lui confie en allumant une cigarette qu'elle a beaucoup apprécié de suivre quelques séminaires de Lacan quand elle était jeune mais qu'elle pense ne pas y avoir compris grand-chose. Décidément, elle est étonnante. Elle n'a jamais osé "faire le voyage analytique" confie-t-elle. Elle ajoute Parfois je le regrette.

Puis elle sourit et lance C'est le bon jour pour découvrir ma collection, non ?

Elle a raison. Passer de l'évocation de l'analyse à la découverte des tissus anciens, ça me va, se dit-il.

Le silence les a rejoints.

Le silence permet de marcher dans sa tête sans crainte.

Le verbe regretter prononcé par Akiko rythme la pensée de Simon pendant qu'il la suit.

Lui aussi a des regrets. Malgré l'analyse et les années à réfléchir.

Partager la mélancolie des regrets avec quelqu'un sans les raconter. Partager simplement l'atmosphère que créent les mots "Je regrette".

La juste distance entre les pas d'Akiko et les siens. Le dos de la femme devant lui.

Il revoit le dos de Lucie F. à l'aéroport.

Le dos de Lucie F. quand elle a quitté son cabinet pour la dernière fois, il ne se rappelle pas. Il n'avait pas compris que c'était la dernière fois. Il croit juste se souvenir d'un pas léger, qui dégringolait l'escalier à toute allure, ou l'imagine-t-il ?

Il avait refusé de voir Mathieu mort.

Il sait que Louise lui en avait voulu.

Itô Akiko ouvre avec précaution la porte qui coulisse sans bruit. Elle le fait pénétrer avant elle, le buste légèrement incliné, cérémonieuse soudain.

Le voilà dans son royaume.

Elle le laisse s'accorder à l'atmosphère de la pièce.

Ici tout repose.

Il ressent plus qu'il ne voit un ordre et une harmonie. Il remarque seulement alors qu'Akiko elle-même est vêtue d'un pantalon noir à l'aspect soyeux, et d'une veste qui rappelle la forme du kimono par la largeur des manches mais dont la coupe, très élégante et sobre, est contemporaine. Noire aussi avec de très fines rayures turquoise. Selon ses mouvements et la lumière, le tissu offre des reflets inattendus. Simon la regarde aller vers l'armoire. Elle avait dû préméditer la visite. Elle s'efface devant sa collection. Ne restent que les reflets de son vêtement pour rappeler sa présence. Ici elle est la discrète mais vigilante gardienne de tout ce qui enveloppa des corps disparus depuis longtemps.

Elle sort un kimono dont il distingue d'abord mal les broderies. Il s'approche. Le tissu a une odeur légèrement safranée. Vous pouvez le toucher Simon. C'est une pièce qui vient de loin dans le temps, de tout près dans l'espace. La voix d'Akiko est toujours aussi grave et un peu rauque. Cette voix si peu "japonaise" étonne encore Simon. Il approche la main du kimono et caresse l'étoffe. Combien d'années entre le moment où un corps vivant habitait le tissu et maintenant ?

C'est un délicat vêtement féminin.

Akiko le laisse contempler. Il apprécie le silence. Simon songe, les mains adoucies par la caresse de l'étoffe. Il pare des corps de femmes qu'il a embrassées, étreintes, de ce vêtement dont plus personne ne s'enveloppe. Pour certaines c'est impossible à imaginer. Celles qui acceptent d'entrer dans son rêve sont celles qu'il a désirées le plus passionnément.

Pourquoi n'a-t-il personne aujourd'hui à qui offrir un tel vêtement ?

Les tissus et les fantômes. Simon revoit sa mère ouvrant une armoire, sortant un costume de son père mort "pour l'aérer", disait-elle. Il ne comprenait pas. Il avait douze ou treize ans. Il se disait Elle est folle. Il ne comprenait rien. Quand il avait rangé ses affaires après sa mort à elle, il avait retrouvé le costume mais on aurait dit des cendres qui s'envolaient. Les mites l'avaient détruit. Il en aurait pleuré.

Comment Akiko conserve-t-elle les tissus ? de quels soins les entoure-t-elle ?

Elle replie le kimono lentement. Puis c'est le tour de quelques fragments de tissus aux couleurs très vives. Akiko sourit. Les couleurs sont si joyeuses, des rouges, des jaunes, des bleus et des motifs délicats. Elle lui montre les grues, symbole de la longévité, les fleurs toutes simples de pruniers aux cinq pétales, les chrysanthèmes. Ce sont des tissus *bingata* une spécialité d'Okinawa.

À l'aide de pochoirs on met en réserve le tissu puis on le peint avec des pinceaux très fins et des pigments minéraux des îles Okinawa. Akiko ajoute que c'est une tradition très ancienne, qui date d'avant l'annexion du royaume de Ryûkyû par le Japon. Avant, toutes les petites îles, et la nôtre aussi, formaient un royaume… un vrai royaume…

Simon se représente le maniement des pochoirs faits à l'ancienne en pâte de riz. Le travail de réserve. Il faut cacher pour révéler ensuite. Il songe.

Pochoirs et peinture. Les couleurs si vives qu'il n'attendait pas. Akiko parle de l'Inde comme lointaine origine peut-être du *bingata*. Mais on ne sait pas… Simon écoute et se laisse dériver. Comme on doit avoir la tête libre quand on passe des heures à un tel travail. Il revoit les gestes de Daisuke dans l'atelier.

Ces fragments de tissus sont mes trésors, mon cher Simon. Je n'ai jamais pu retrouver un kimono entier malgré toutes mes recherches. Je ne désespère pas même si, de toute façon, ce serait trop cher pour moi. Je ne suis qu'une petite collectionneuse.

La voix d'Akiko lui parvient mais les fragments l'entraînent.

Un en particulier. Il n'ose pas le toucher mais elle a suivi son regard et l'invite à oser. Il est ému par la gaieté des mouvements peints sur le tissu, des vagues turquoise, des arbres un peu penchés.

C'est un crève-cœur de penser soudain Ce serait pour Louise, ça. Elle qui s'entourait d'étoffes aux tons chauds, de jupes longues qui volaient au vent de l'île. Mon dieu comme il aurait pu être heureux avec elle si seulement. C'est d'elle seule qu'il aurait pu avoir des enfants. Il l'aimait. Il l'aimait si fort. Pourquoi n'a-t-il pas été capable de pardonner. Il entend encore Mathieu lui crier Mais accepter Simon, accepter tu ne peux pas ? Sans pardonner. Pardonner on s'en fout. Tu te prends pour qui ? Tu veux comprendre, toujours tout comprendre, mais on s'en fout aussi de comprendre. Accepter. Juste accepter, merde !

C'était sur une plage sous le ciel très bleu de là-bas.

Et lui Non. Non je te dis. Plutôt crever ! Fous le camp Mathieu, je veux plus te voir ! fous le camp ! Plutôt crever tu m'entends ?

Il avait survécu. C'est Mathieu qui était mort. Et Louise perdue.

Akiko est allée à un petit meuble bas. Elle en sort une carafe en terre et deux bols.

Ici on boit cet alcool. Il est "fait maison", dit-elle, par des amis. On ne le trouve dans aucun commerce.

Il se laisse traverser par l'alcool. Un goût amer au fond du palais. Il faut s'y faire, ajoute Akiko. Après on finit par aimer. Il lui parle de son goût pour certains whiskys. Il aime l'amertume. Puis ils se taisent.

Au bout d'un moment, elle se lève, va chercher une pièce de tissu qu'elle pose sur la petite table entre eux. C'est mon premier vrai achat de collectionneuse. Elle le déplie avec soin. Sans doute devait-il servir à faire un kimono mais voilà, il n'a pas été coupé, ni cousu. Il est resté des années en attente et il m'emmène toujours aussi loin quand je le contemple.

Elle baisse la voix Dans tout ce qui n'a pas été fait, il est beau.

Simon boit à nouveau une gorgée de l'alcool. Dans tout ce qui n'a pas été fait.

Dans tout ce qui n'a pas été fait. La phrase le tient encore quand il va nager.

Il s'épuise comme il sait bien le faire.

La raie *Manta* n'apparaît pas. Il guette longtemps ses sauts mystérieux. En vain.

Il nage jusqu'à ce qu'il sente que tout son corps réclame le repos.

Alors il écrit dans son carnet, sur la plage, à l'ombre des arbres.

Il lui faut le regard sur l'eau, loin, pour pouvoir écrire ce qui vient.

Nous n'avons pas tenu la promesse de l'enfance. Louise la douce intrépide, Mathieu et moi. Aucun des trois. La mort de Mathieu nous a séparés bien mieux que le corps à corps qui m'a fait horreur entre eux. Pour moi, Mathieu n'aimait que les garçons. C'était clair depuis toujours. Il ne s'en cachait pas. Et je ne me suis même jamais imaginé qu'il pouvait désirer le corps d'une femme. Dans ma tête c'était réglé. Alors Louise, c'était impensable.

Le sable blanc est brûlant. Je prends garde de ne pas y mettre le pied sans mes sandales. Même à l'ombre il fait si chaud.

J'ai envie de fraîcheur. Tout mon corps appelle l'océan qui nous saisissait, enfants. Dès le mois d'avril, l'eau encore si froide. On y allait ensemble avec Louise, l'un défiant l'autre. Mathieu restait sur la plage Vous êtes dingues tous les deux ! Un jour, nous avions nagé avec Louise et quelque chose s'était passé. Nos regards qui s'accrochaient l'un à l'autre. Le froid contre lequel nos corps luttaient ensemble. Nous n'étions pas restés longtemps dans l'eau. Juste le temps de nous réchauffer en nageant et nos limites étaient atteintes. Il faudrait se sécher et courir vite sur la plage en sortant.

Mathieu nous attendait avec les serviettes.

Nous étions près du rivage et là, soudain, Louise avait tendu son visage vers moi. Ses lèvres. Et mon cœur s'était arrêté de battre. Dans un état second, j'avais posé ma bouche sur la sienne. Nos regards. Et elle m'avait pris la main. Nous étions sortis de l'eau triomphants et fragiles. Oh j'étais un roi.

La serviette que Mathieu m'avait posée sur les épaules était un manteau d'hermine.

Louise ma secrète bien-aimée avait voulu mon baiser.

J'avais attrapé la serviette des mains de Mathieu sans le regarder et j'avais aidé Louise à se sécher mais très vite elle avait repris son écart d'intrépide qui n'a besoin de rien. Elle pouvait toujours… Maintenant je savais qu'elle aussi.

J'écris mon bonheur d'alors, là, sur cette plage brûlante. Le froid ou la chaleur c'est toujours une brûlure sur la peau.

Les mots sont là. Pour la première fois j'ose écrire ce bonheur-là. Oui il existe toujours en moi. Préservé. Et j'en pleurerais. Il est vivant. Je peux l'écrire.

Mon immense bonheur silencieux. Mon cœur qui éclatait de joie. Et moi abasourdi. Tout est là. Intact. Tout ce que j'avais tellement espéré depuis des mois et des mois sans rien oser.

Ce qui vient après, ce qui a détruit ce bonheur, ne peut pas détruire ma mémoire. Ma joie d'alors bat encore entre mes côtes. Si je ferme les yeux je le revois, le visage de ma Louison dans son absolue confiance, tourné vers moi. Cette image-là, elle est à moi pour toujours.

Simon a fermé les yeux. Puis il écrit à nouveau.

Ma confiance à moi aussi était absolue. Mon cœur était d'une bravoure sans limite. J'ai connu ça, oui, j'ai connu ça.

Il y a de longues plaintes tenues parfois longtemps dans nos poitrines. Un jour elles trouvent le chemin et montent jusqu'à nos lèvres. Simon est seul et il pourrait hurler sur cette plage mais le son qui sort de sa bouche est bas, rauque. C'est un grondement, de ceux qui annoncent les tremblements de terre ou les éruptions volcaniques. Un grondement souterrain qui soulève en vagues lourdes la souffrance trop longtemps muette.

Il se lève et court à l'eau. Et peu importe le sable brûlant sous la plante de ses pieds. Le contact de l'eau, il ne désire plus que ça. Il n'y a que l'eau pour ses larmes.

Cette fois, la raie *Manta* est là, puissante et souple. Elle l'attendait ? Il la suit comme on s'abandonne à un présage. Elle a détecté sa présence, il en est sûr. Et elle le laisse faire. Il ne pense plus à rien. Il la suit jusqu'aux coraux.

Alors lentement, par des mouvements d'une grâce infinie, elle se défait entre les coraux de tout ce qui s'est accroché à elle. Combien de temps Simon reste-t-il ainsi à observer ce qu'elle lui montre, reprenant son souffle hors de l'eau puis replongeant. Quand elle repart, délivrée de ce qui entravait ses mouvements, il la remercie silencieusement.

Il se laisse flotter longtemps sur le dos. Fixer dans sa mémoire ce qui vient d'arriver. Garder en lui ces images pour les jours où il ne saura plus se défaire de tout ce qui entrave.

À la taverne, la petite fille s'est enhardie et vient dessiner auprès de lui. Elle aime les couleurs vives. Quand elle a fini, elle fait glisser son dessin vers lui. Il ne sait pas s'il doit le prendre comme un cadeau ou juste le regarder mais elle lui enlève toute hésitation en se levant, en rangeant gravement ses crayons puis en lui faisant un petit salut. Simon la remercie en prenant soin de bien prononcer les mots qu'il a appris. Elle le regarde en riant et file vers la cuisine où elle disparaît.

Quand il rentre, il dépose le dessin sur la table de nuit, près de ses livres et de la tasse offerte par Akiko. Il contemple les étoiles et les poissons qui se côtoient, le ciel ou la mer sous les doigts de la petite fille, c'est pareil.

Une vague d'émotion le submerge. Il se sent bienheureux et vulnérable à la fois.

Après s'être rafraîchi il se dirige vers l'atelier de Daisuke.

Lui lire les mots du carnet à voix haute. Rien de leur mystère ne sera détruit, Daisuke n'essaiera pas de comprendre mais il écoutera en continuant son travail. C'est cela qu'il veut. Le silence bruissant des gestes du vieil homme, fermes et réguliers. Sa bonne présence. Un témoin pour ses mots. Pour qu'ils s'aèrent comme sa mère aérait les costumes du père. Que l'air fasse son travail bienfaisant. Simon serre son carnet dans ses mains.

Daisuke porte un turban de coton indigo délavé. Avec sa chevelure blanche, ça lui donne un air antique qui n'appartient plus à aucun pays. Juste à un temps révolu. Le turban ramène Simon vers cette autre île, les bougainvilliers, la lumière chaude là-bas… Le vieil homme a toujours son sourire accueillant. Alors Simon prend conscience de la paix infinie qu'il éprouve à être là. Il se laisse aller sans peur.

Depuis qu'il a parlé de ses haltes à la taverne, son réfrigérateur est toujours approvisionné en bières fraîches. Nori y veille. Il en a emporté, en tend une à Daisuke qui a sorti des gobelets de terre. Ils boivent en se souriant puis Daisuke retourne à son travail.

Simon finit sa bière et se laisse glisser plus bas dans le siège. Il repose la nuque sur le dossier, ferme les yeux. Les portes de la mémoire sont grandes ouvertes.

Louise et Mathieu sont là. Le monde de l'eau et du vent. L'enfance sur la plage. Et l'ignorance bénie de tout ce qui leur arrivera des années plus tard.

Il n'a aucune notion du temps qui s'est écoulé quand il ouvre les yeux. Daisuke l'observe en souriant.

Il lui dit quelques mots qu'il ne comprend pas, va chercher une carafe. Simon boit lentement et goûte l'eau légèrement citronnée, si fraîche. Après l'âpreté de la bière c'est délicieux. Il regarde le vieil homme qui s'est remis au travail, contemple ses mains qui savent ce qu'elles ont à faire.

Il l'envie.

Il voudrait n'avoir jamais à prendre aucune décision.

Ne plus rien avoir à penser. Juste faire des gestes, lui aussi, liés les uns aux autres par une nécessité qui n'a pas besoin d'être réfléchie. Pensée par d'autres, bien avant. Se couler dans une transmission sans parole. Avoir cette confiance dans les mains qui répètent les gestes venus de si loin. La confiance. Les mains de Daisuke sont confiantes et les contempler au travail ça remet les choses en ordre. Daisuke ferme les paupières puis hoche la tête lentement en le regardant et en souriant. Comme pour lui donner une permission.

Et Simon ferme à nouveau les yeux.

Pourquoi est-ce Lucie F. qui revient ?

Il ne résiste pas à la vision qui s'impose.

Lucie F. entre dans son cabinet. Elle allonge ses jambes avec précaution sur le divan, tire légèrement sur sa jupe, puis elle ferme les paupières.

C'est le premier jour où elle est venue. Mais avant de s'allonger, il la revoit déposant une écharpe très colorée, sur le divan près d'elle. Comment avait-il pu oublier ce geste ?

L'image est vive. Les couleurs, vert sombre et bleu turquoise. Les motifs du tissu il ne se les rappelle pas mais les couleurs oui, ô combien nettes et la lumière qui faisait miroiter des reflets sur cette écharpe sans doute en soie. Pendant toute la séance Lucie F. avait gardé une main sur le tissu. Parfois elle le caressait légèrement. Plus jamais elle n'a porté cette écharpe ensuite. Ou il ne s'en souvient plus.

Dans le silence de l'atelier de Daisuke, il n'y a plus que quelques bruissements. Simon se laisse border par ses bruits légers, rassurants. Il attend. Il écoute. Il est maintenant dans le silence si particulier qui précède la parole sur le divan. Lucie F. parle et sa voix l'entraîne. Il l'entend.

Rêve-t-il ? Imagine-t-il ? Fuit-il ? Cela n'a aucune importance.

Il y a dans la vie des moments où l'esprit se déploie. Une voie s'ouvre, inconnue. La réalité familière cède la place. Ce qui est resté longtemps inconnu au fond de nous s'offre soudain. Épiphanie ? Moment de grâce ? Folie ? Pourtant nous sommes bien toujours où nous sommes et nous pouvons même en assurer notre conscience si nous le souhaitons. Nous pouvons regarder autour de nous, nous sommes bien assis sur une chaise de bureau ou sur un siège de métro, nous attendons dans un embouteillage ou nous écoutons une conférence mais un mot, une image, un son nous a soustraits à la réalité. Nous avons été "raptés". Littéralement ravis au monde. Bien sûr nous demeurons où nous sommes mais notre présence vive, vraie, est ailleurs. Et dans cet ailleurs nous sommes présents aussi. Tout autant que dans la réalité que nous vivons. Nous y pénétrons comme si nous découvrions une pièce inconnue de notre propre maison. Et cet ailleurs éclaire soudain tout un pan de notre vie.

C'est un de ces moments rares que vit Simon Lhumain. Lucie F. parle et il l'entend. Elle est là. C'est sa première séance.

On est en février… elle dit que février est un mois important pour elle, elle ne dit pas pourquoi et lui ne demande rien. Il la laisse parler.

Il sait tout ce qui se joue la première fois. Le premier pas. Les premiers mots. Tout ce qui est à déchiffrer. Ce qui s'inaugure et ce qui ne se dévoile pas. Tout est là, en même temps. Dans la première séance. Combien de fois est-il revenu à ses intuitions premières quand il n'y voyait plus clair. Aux fulgurances qu'on a quand on découvre la démarche, la façon de se poser sur le divan, de bouger les mains pendant la première séance ou de rester immobile. Les frémissements sur un visage.

On peut se tromper. Il a toujours gardé à l'esprit que nul n'est infaillible et surtout pas le psychanalyste. Pourtant il n'a jamais pu s'empêcher d'enregistrer dans un coin de sa mémoire tous ces menus signes. Ils pourraient le guider plus tard. La part est mince entre la toute-puissance et le doute absolu. Entre les deux, il faut travailler. Toujours travailler à garder l'équilibre.

L'écharpe de soie lui redonne tout de cette femme aujourd'hui.

Daisuke se met alors à parler. Les sons de la langue inconnue peuplent maintenant l'atelier et Simon, comme le faisait Lucie F. dans son cabinet, garde les yeux fermés.

Il écoute Daisuke. Il entend Lucie F.

Le monologue de Daisuke lui fait un arrière-plan sonore qui l'aide à se remémorer.

C'est une autre séance maintenant. Elle est agitée, inquiète.

Elle parle d'une langue dans laquelle elle n'arrive pas à entrer. Celle qu'utilisait sa mère lorsqu'elle était toute enfant. Elle dit Je sais qu'elle ne parlait pas le français quand j'étais bébé, tant que je ne pouvais pas comprendre. Je l'ai entendue, sa langue. Pourquoi l'a-t-elle abandonnée ? Elle dit de cette voix presque inaudible qu'elle prend parfois Je suis sûre que c'était ma vraie langue. Ma langue maternelle à moi.

Vous avez appris à lire et à écrire en français. Vous rêvez en français.

Pas toujours. Il y a d'autres rêves.

Vous pouvez apprendre cette langue. Vous avez une grande facilité à apprendre les langues étrangères.

Non, non. Il n'y a qu'elle qui pouvait m'apprendre sa langue. Moi depuis j'apprends, oui, mais c'est juste pour travailler. Et puis elle avait ajouté J'apprends pour rien. Elle est morte. Je ne saurai jamais.

Simon se rappelle qu'il avait cherché le lien entre "habiter" et la fameuse langue mais Lucie F. achoppait, se taisait, se refermait. Et souffrait.

Les séances suivantes avaient été pénibles.

Il ne l'a jamais revue avec l'écharpe, maintenant il en est sûr.

Aujourd'hui par la voix de Daisuke, il lui est donné de faire l'expérience de Lucie F. La langue inconnue qui vous enveloppe, se parle juste à côté de vous. Lui y trouve une paix profonde. Il soupire.

Y avait-il dans la première séance de Lucie F. une clef qu'il n'avait pas comprise, pas saisie ?

L'écharpe chatoyante. Ses couleurs. Tout l'espoir que cette femme mettait à entamer ce travail.

Il laisse son esprit dériver, revoit les couleurs des dessins de la petite fille de la taverne, son air si

appliqué. Il pense à l'aquarelle de Louise, enveloppée, au fond de son armoire.

S'est-il endormi ? C'est le silence total qui l'éveille.
La voix de Daisuke s'est tue. Il ouvre les yeux. Le vieil
homme n'est plus là.

La baie vitrée est ouverte sur le jardin d'arrière.
Simon se sent invité à y pénétrer. Il se lève lentement et passe de l'autre côté. Il ne peut s'empêcher
d'avoir l'impression de marcher dans un rêve.

Il avance, seul, dans cet autre jardin.

Il y a eu tant d'émotions dans cette journée. Il
est épuisé. Physiquement et psychiquement épuisé.
Il y a encore l'ivresse légère de la bière.

Dans ce jardin il se sent à la fois protégé et incité
à aller plus loin.

Il ramasse dans l'allée une pierre. Blanche. Lucie F. avait dit à sa dernière séance, il avait fallu tendre l'oreille et surtout ne pas l'interrompre, elle avait dit dans un souffle très bas J'ai rêvé d'un lieu qui serait chez moi, c'était une pièce nue très lumineuse, blanche, toute blanche, carrée je crois et j'y étais merveilleusement bien, c'était chez moi.

C'était la première fois qu'elle parlait d'un "chez-soi".

Un chez-soi ? Il caresse la pierre lentement. Il s'est assis sur un banc rudimentaire en bois qu'il n'avait pas vu la première fois. Ou peut-être Daisuke l'a-t-il ajouté depuis ? Ici les choses changent sans qu'on s'en aperçoive.

Derrière lui, une haute variété de bambous. La chaleur est moins intense sur sa peau. Il regarde autour de lui, assis là. Le jardin est plus vaste encore qu'il ne l'avait imaginé. Il a besoin de repos. Il y a des fleurs qu'il ne connaît pas, des plantes qu'il ne connaît pas. Il laisse son regard aller d'inconnu en inconnu, ne cherche surtout pas à rapprocher quoi que ce soit de choses qu'il connaît. Accepter totalement l'étrangeté autour de soi.

Les mots sont tenaces. Un chez-soi. Un chez-soi. Et pour lui où le chez-soi ?

Jamais il ne s'est posé la question. Le chez-soi c'était sa ville bordée par l'océan. Il se rappelle ses mots assurant à Mathilde que c'était entre ses deux phares, le rouge et le vert. Comme le vieux gentleman de Venise. Mais est-ce que c'est vraiment aujourd'hui son "chez-soi" ?

Il ne sait plus.

À l'intérieur de lui il n'y a pas de chez-soi.

Il y a une question. Entourée de vide.

Et il n'arrive pas à la formuler.

Il se laisse flotter. Dans des limbes. Dans le vide autour de la question. Il revoit la raie *Manta* et sa danse lente, impressionnante.

Il revoit les tissus *bingata*. Les couleurs, elles sont ici, tout autour de lui. Si vives. On a l'impression de les absorber.

Lui, il a passé toutes ces années dans un univers de gris colorés près de l'océan. Ça estompe tout, ça adoucit les contours, ça protège aussi. Ici les couleurs sont à nu. Comme sa peau. C'est vif. C'est plein d'élan. Et ça le menace.

Son histoire, celle des autres, il pouvait tout écouter derrière le gris. À l'abri. Son cabinet d'analyste c'était ça. Son abri. Ici ça ne marche plus. C'est bien ce qu'il a voulu. Mais voilà, il a peur. Vulnérable. Si vulnérable. Où le chez-soi ?

Les mots disent ce qu'ils ont à dire. Et c'est tout.

Il s'y est fié toutes ces années. Une protection qui a bien joué sa mission.

L'armée des mots, tout autour de lui. Même quand il était seul. L'armée des mots dans sa tête.

Prête à attaquer pièce à pièce les "sombres ombres" comme il les appelait en son for intérieur. Depuis quand l'armée des mots ? Depuis les morts ou bien avant ? Il ne sait plus. L'armée des mots s'est renforcée après la mort de Mathieu, oui. Mais elle était déjà là avant. Depuis quand ?

Simon soupire.

Sans les mots…

Depuis qu'il a laissé tomber le bol, il a laissé échapper quelque chose. Chaque matin, dans ce bol, il buvait le premier café puis il le lavait soigneusement à l'évier de la cuisine. Le bol vide, séché, attendait le matin suivant.

Et toutes les paroles qu'il n'avait jamais atteintes attendaient aussi.

Lui vaquait à ses occupations sans y penser. Comment un bol peut-il à lui seul contenir tout ce qui déborde ?

Comment a-t-il pu ainsi esquiver, de jour en jour ?

Les paroles, les siennes, les paroles intimes, secrètes, celles qui créent le chez-soi à l'intérieur de soi il les a fuies. Oh il ne va pas s'en vouloir, non. Il sait trop ce que c'est pour avoir été celui qui a essayé d'aider la venue de ces paroles-là, loin du bavardage incessant de la vie.

La parole vraie, celle qui s'origine vraiment au plus profond de soi. Celle qui ouvre le chez-soi. C'est cela que venait chercher Lucie F. C'est cette langue-là qu'elle cherchait. Il repense à cette femme avec une infinie tendresse. Elle risquait à chaque déménagement tout son univers matériel avec une légèreté qui disait, qui criait que le matériel l'encombrait. L'a-t-il vraiment entendue ? Elle savait, elle, qu'elle cherchait autre chose. Que la réalité servie chaque matin ne lui suffisait pas. Il se dit qu'elle voulait les confins. Ce qu'il y a de plus vaste que soi. Elle était nichée dans les vides de la peinture chinoise. Maintenant il le sent. C'est cela qui l'avait, lui, si intensément intéressé dans cette cure. Elle voulait atteindre autre chose. Plus vaste que la vie humaine bien bordée de calendrier.

Et lui ?

Il porte sa main, celle qui a caressé la pierre, à ses lèvres. Puis, lentement, il porte la pierre à sa bouche. Et il fait cette chose qu'il faisait sans réfléchir quand il était enfant. Il embrasse la pierre. De l'avoir tenue dans sa main, elle a pris la tiédeur de son propre corps. Et sa bouche sur la pierre c'est d'une douceur sans nom.

Si on se penchait très près de lui, on entendrait des mots murmurés.

Il n'a pas vu Daisuke qui s'est approché. Le vieil homme lui pose une main sur l'épaule. Simon lève la tête. Il tient toujours la pierre blanche dans sa main. Il a le regard perdu.

Le vieil homme lui fait signe de le suivre et Simon le suit.

Que quelqu'un lui dise quoi faire, en ce moment précis, c'est une bénédiction. Lui, il ne sait plus. Il aurait pu rester des heures à murmurer tout seul, la pierre dans la main. Les paroles ne sont plus contenues nulle part. Elles sont là.

Daisuke l'emmène sur le chemin qu'ils avaient emprunté lors de leur première visite. Cette fois, il va jusqu'au pavillon, ouvre la porte en bois.

Il fait signe à Simon de venir, s'écarte pour le laisser entrer.

Il fait un peu sombre à l'intérieur et d'abord Simon ne voit pas grand-chose, puis il distingue des étagères qui font le tour de la petite pièce. Et des formes, à distance régulière les unes des autres sur les étagères. Des pièces de céramique aux couleurs d'abord imprécises, puis qui se libèrent, au fur et à mesure que son regard retrouve de l'acuité malgré l'obscurité. Des bleus, des bruns. Mais bientôt ce à quoi son regard s'attache, ce sont de minces sillons qui brillent.

La céramique est soulignée de lignes d'or. Comme la tasse offerte par Akiko. Daisuke s'est planté au centre du pavillon. Il montre d'un geste large du bras ce qui l'entoure puis il invite Simon en le poussant légèrement dans le dos à s'approcher des étagères. Lui s'est accroupi sur le sol, dans cette posture que Simon appelle intérieurement celle des gens "sans chaise", cuisses fléchies, avant-bras reposant sur les genoux, détendus, au repos.

Pourquoi a-t-il si peur d'être maladroit ? Faire un faux pas, casser à nouveau ? Il se sent lourd dans cette atmosphère où rien ne pèse. Et pourtant, sa main se tend. Le sourire de Daisuke l'encourage. Simon ose alors prendre une coupe à l'aspect rudimentaire. Il suit la ligne d'or qui relie deux bords opposés, comme si la coupe avait été brisée en son milieu. Daisuke fait le geste de tenir la coupe entre les mains puis il écarte les mains soudainement et Simon revoit le bol brisé dans sa cuisine. Il repose précautionneusement la coupe et continue sa ronde. Chaque objet ici est couturé de lignes d'or. Elles dessinent des courbes, des zébrures, parfois juste quelques points comme si on avait cousu les bords ouverts d'une blessure. Et c'est beau. Étrangement beau.

Les tissus cousus.
La céramique cousue.
Et lui, la bouche cousue ? Où le fil d'or ?

Daisuke parle. À sa façon lente. Entre chaque phrase, un temps. Le silence dans lequel Simon marche. À pas comptés. S'il comprenait ce que dit Daisuke, il saurait que tout se répare. On ne cherche pas à cacher la réparation. Au contraire, on la recouvre de laque d'or. On est heureux de redonner vie à ce qui était voué à l'anéantissement. On marque l'empreinte de la brisure. On la montre. C'est la nouvelle vie qui commence.

Simon entend les silences de tous les gens qu'il a reçus dans son cabinet. Entre les paroles énoncées distinctement par Daisuke, il entend maintenant son propre silence. Il comprend qu'il est venu à la rencontre de ce silence jusqu'ici. Pas de parole sans silence. Jamais.
Il est venu le chercher et il en a peur.
Quelque chose s'éveille et il en a peur.
Le silence doit être bordé de paroles justes. Alors seulement il est habitable.
Simon vient s'asseoir devant Daisuke. Ici il n'y a ni chaise ni coussin. Il s'assoit par terre face au vieil homme. Il a besoin d'avoir un visage face au sien. Il a besoin de plonger son regard dans celui d'un autre être humain. Il a besoin qu'on l'aide. Daisuke sourit. Et ce sourire est si bon, si dénué de toute

attente que la main de Simon se tend. Simple. Il pose sa main sur celle du vieil homme. Il sent la peau, ferme, chaude. Daisuke ne bouge pas. Il continue à sourire à Simon.

Il aurait fallu pouvoir faire ce geste il y a si long-temps. Il aurait posé sa main sur celle de Mathieu et rien de mauvais ne serait arrivé. Il n'aurait toujours pas compris pourquoi Louise et Mathieu avaient fait l'amour mais il aurait admis. Simplement. Admis que le cœur de l'homme est bien plus subtil que tous les mots et les étiquettes.

Daisuke s'est levé. Il va chercher sur une étagère une des céramiques. Il montre à Simon le trait d'or qui éclate au centre. Et l'or qui rayonne.

Les pensées de Simon n'ont plus de centre. Elles partent comme des lignes qui ne sauraient où abou-tir. Égaré. Égaré. Toutes ces années à être le centre pour d'autres êtres humains qui venaient jusqu'à son cabinet. Il n'est pas Jésus. Il n'est rien. Lui aussi cherche et ne trouve pas.

S'il était sûr au moins de ce qu'ils ont trouvé, chez lui, ces hommes et ces femmes. Mais il n'est plus sûr de rien. Il peut espérer qu'ils sont repartis le cœur plus confiant, l'esprit plus libre. A-t-il pu leur être d'une aide suffisante ? Son silence a-t-il été suffisamment fécond pour qu'ils s'y appuient un temps. Le temps qu'il faut dans une vie pour reprendre haleine. Reprendre souffle. Trouver sa vraie parole. A-t-il été suffisamment bon à ce qu'il faisait ? Qui peut lui répondre ?

Il y a des métiers où l'on voit ce qu'on fait. On construit un mur, un toit, on voit si ça tient ou pas.

Daisuke répare ce qui est brisé. Le résultat est là. Le bol, la coupe, la tasse peuvent à nouveau être utilisés. Ils ont retrouvé leur utilité d'objet. Ils servent. Mais comment s'assurer qu'un être humain a retrouvé le chemin qui permet une vie plus vivante ?

Et lui, peut-il reprendre une route ?

Ce soir-là, Simon dîne à nouveau avec ses hôtes. Le silence est là, invité lui aussi à la table. Il leur en sait gré infiniment. Ils échangent des hochements de tête, des sourires, des regards. Il goûte les mets succulents. Il boit l'alcool. Le monde ici semble en ordre. Et Simon y puise la paix dont il a tant besoin.

C'est Akiko qui se met à parler la première. Elle a attendu la fin du repas. Elle a allumé une cigarette. Elle dit que d'ordinaire son époux ne fait pas pénétrer leurs éphémères locataires dans le Pavillon des Coupes cassées. Simon apprécie l'honneur qui lui est fait. Mais Akiko reprend de sa voix inimitable Ce n'est pas honneur, c'est estime. Mon époux vous estime. Il me l'a dit. Elle sourit Eh oui nous parlons de vous… Daisuke hoche la tête comme pour confirmer les paroles de sa femme. Il a retiré son turban de travail et a attaché ses cheveux blancs en un chignon serré sur le dessus de la tête. Il ressemble encore plus à une gravure ancienne.

Ces deux-là aujourd'hui ont dévoilé à Simon ce qu'ils avaient de plus précieux et du plus profond de lui il les remercie de leur confiance.

Ses pensées sont loin maintenant.

Elles reviendront demain, les autres jours, il sait.

Il sait qu'il n'est pas au bout de sa peine comme on dit, mais ce soir, cette nuit, il désire juste la paix qu'on lui offre ici.

Cette nuit, il dormira sous les étoiles. Il refuse à son esprit d'aller plus loin.

Il aime la voix d'Akiko. Il veut en savoir plus sur l'art de Daisuke. Un jour au XVIᵉ siècle, lui raconte Akiko, un samouraï avait envoyé un bol cassé auquel il tenait très fort en Chine pour qu'il soit réparé. Simon sourit. On le lui a renvoyé, couturé de vilaines agrafes. L'objet pouvait servir à nouveau mais il était défiguré. Alors le samouraï demanda à ses plus fins artisans de trouver comment redonner à son bol toute sa beauté. Et l'art du *kintsugi* est né. *Kin* c'est l'or et *Tsugi* la jointure.

Simon se laisse emporter par l'histoire. Daisuke boit lentement l'alcool puis il repose ses deux mains sur ses genoux. Sa présence immobile et silencieuse donne à tout ce qui se passe ici sa densité. Simon s'appuie sur cette présence pour garder son attention rivée au présent. *Kin* l'or et *Tsugi* la jointure. Akiko raconte les différentes étapes, toutes aussi minutieuses les unes que les autres. Un processus long, patient. Simon écoute.

Coller les bords séparés.

Retirer ce qui de la colle est en trop.

Poncer.

Puis le trait fin de la laque.

Et la poudre d'or.

Entre chaque étape, le patient séchage.

Alors Daisuke prend la parole et Akiko traduit
Mon époux dit que c'est votre art à vous aussi.

Elle s'est levée et a préparé une infusion de plantes. Elle fait respirer son mélange à Simon, un parfum à la fois âcre et acidulé. Elle ajoute C'est bon pour les rêves.

Simon ne veut plus rien que le visage de ses hôtes, la lumière douce qui baigne la pièce. Cette intimité délicate.

Son cœur a éclaté. Et ici il a une chance de ne pas le défigurer par une réparation trop hâtive. Ne plus se dérober.

S'il accepte de considérer chaque éclat patiemment, de le suivre comme le doigt suit la courbe de chaque brisure, il a une chance de retrouver peut-être la beauté de son propre cœur.

Le cœur du baiser de Louison. C'est cela qu'il est venu chercher ? Depuis qu'il a cassé le bol, c'est cela qu'il cherche ?

Il boit l'infusion comme s'il accomplissait un rituel.

Il faut que le monde autour de lui reste ouaté. S'envelopper, fermer les yeux, laisser la nuit faire son office. Son *kintsugi* à lui. S'il pouvait guider ses rêves ce serait nager, simplement nager, seul, dans l'eau tiédie par le soleil, la raie *Manta* devant lui comme seul guide.

Daisuke s'est levé, Akiko aussi. Alors Simon se lève à son tour et les salue. Il remercie Akiko pour les tissus, Daisuke pour les céramiques. Il n'a pas besoin de traduction pour savoir qu'on lui souhaite que la nuit soit bonne. Ils ne le retiennent pas.

Il faut bien se retrouver seul. Quand il entre dans sa chambre, il se déshabille, ouvre la baie vitrée et s'allonge sur le tatami qu'il a tiré vers le jardin.

Entre dehors et dedans.

Il ferme les yeux.

Derrière ses paupières closes, il sent l'obscur de la nuit tout autour de lui. Quelque chose en lui s'inquiète. Dormir il ne peut pas. Entrer dans l'espace où les choses ne se distinguent plus les unes des autres, n'ont plus leurs limites connues, il faut se sentir bien pour ça. Lui, une fois quittée la présence bienveillante de ses hôtes, est en proie à nouveau à une inquiétude diffuse. Son cœur n'est pas en paix. Alors il convoque les couleurs des tissus *bingata*, comme des talismans. Les étoffes sont là, sa mémoire en est encore éclairée. Là il y a de la beauté, une joie timide. Les motifs délicats bleus, rouges, le jaune éclatant. Il revoit Akiko lui dévoilant ses trésors.

La belle pièce de tissu inutilisé, il la drape autour du corps de l'intrépide Louise de ses quinze ans. Ses seins, sa taille fine, ses hanches déjà dessinées.

Comme ils auraient mérité toute la beauté du monde. Le premier baiser de Louise, il le sent sur ses lèvres comme s'ils sortaient juste de l'eau. Il voudrait doucement le polir dans la nuit, le laquer et le garder, précieux, avec la poudre d'or.

Peu à peu il oublie son âge et son corps allongé là dans la nuit. Il garde les yeux clos. Il est dans cet état entre veille et sommeil où des images qu'on ne choisit plus viennent visiter l'esprit qui vacille.

C'est la couleur rouge qui insiste maintenant. Échappée des tissus d'Akiko, des armoires et des coffres, elle envahit la nuit.

Ce rouge-là, c'est un feu sur une plage

Et le visage de Mathieu

heureux

Mathieu qui n'avait encore rien dit, rien fait qui puisse le blesser

Mathieu à treize ou quatorze ans

eux deux seuls

dans les vagues

une nuit

Ils nageaient dans l'obscurité mais les flammes continuaient à éclairer leur petit bivouac sur la plage, leur faisaient un point de repère.

Lui il pensait à Louise. Il était aimanté par elle.

Il aurait tant désiré qu'elle soit là. Nageant nue auprès de lui. Il n'en pouvait plus de l'imaginer.

Un rêve impossible.

La prudente mère de Louise mettait un veto aux nuits dans l'île, malgré les demandes véhémentes de sa fille. Mathieu, lui, pouvait bien faire tout ce qu'il voulait, dans sa famille personne ne s'en souciait. Quant à sa mère à lui, elle avait cédé parce qu'il se montrait toujours raisonnable et que ses bonnes notes lui avaient valu à nouveau le prix d'excellence.

Alors cette nuit-là, ils étaient deux garçons nus qui riaient dans l'eau noire. Sans fille. Autour d'eux comme des lucioles, des petits points lumineux. Simon se rappelle. Ils étaient allés loin malgré l'appréhension de l'eau noire. Il aimait les défis à l'époque. Et il avait besoin d'épuiser son corps dans les vagues. À un moment, il avait donné le signal du retour. Il fixait le feu, comme un phare tremblant, il nageait vigoureusement vers la plage.

Et soudain Mathieu derrière lui avait crié, il s'était retourné. Mathieu les bras levés au-dessus de sa tête, appelait à l'aide. Il s'était affolé, l'esprit en déroute. Une crampe ? Ils étaient restés trop longtemps dans l'eau ? C'était sa faute. Il l'avait entraîné trop loin. Mathieu était moins bon nageur que lui, il le savait.

Alors, toute sa force rappelée, il avait nagé comme un forcené vers lui, le plus vite possible, en se répétant qu'il fallait qu'il tienne le coup. Quand il l'avait rattrapé, Mathieu avait les yeux clos. Il avait mis toute son énergie à le tirer jusqu'à la plage. Sur le sable, il l'avait déposé comme le bien le plus précieux. Il n'en pouvait plus. Son cœur ne retrouvait plus ses battements réguliers. Il avait du mal à récupérer son souffle, la tête dans un étau.

Et Mathieu qui ne bougeait pas. Son immobilité terrifiante. Il l'avait appelé, avait appuyé des deux mains sur sa poitrine. Rien. Aucun signe de vie. Alors il l'avait repris dans ses bras et porté jusqu'au feu. Il lui parlait et il pleurait. Il lui criait de vivre de vivre de vivre. En vain. C'est quand il s'était mis à le secouer en sanglotant que Mathieu avait brusquement ouvert

les yeux en éclatant de rire Hé ! j'suis pas sourd !
Je t'ai bien eu !

Ah, ce rire de Mathieu ! il l'entend encore ! Comment avait-il pu lui faire ça ? Une blague ? Mais c'était monstrueux ! Et ça le faisait rire !

La colère l'avait submergé d'un coup, une vague folle. Aussi folle que sa panique !

Il avait giflé Mathieu. Rudement. Il l'avait repoussé. La rage lui donnait une brutalité qu'il ne se connaissait pas. Mathieu était tombé. Lui, il ne trouvait même plus les mots à lui hurler à la figure. La cruauté imbécile de Mathieu le bouleversait ! Il s'était détourné, s'était laissé tomber sur sa serviette. Il répétait Salaud salaud salaud et il cherchait des mots qu'il n'employait jamais, des insultes, les plus terribles qu'il ait entendues, perdues dans le sable. Il donnait des coups de poing par terre. De toutes ses forces.

Il se souvient qu'il avait eu froid d'un coup et mal à la main. Que la fatigue l'avait terrassé. Il pleurait. Il s'était rhabillé vite, avait enfilé deux pulls l'un sur l'autre. Et toujours froid.

Il avait honte de tout ça, larmes colère violence mêlées. Mathieu l'entraînait dans un monde trouble d'émotions dans lesquelles il se perdait. Il tremblait. C'était le premier signe.

Il faut bien toute la douce chaleur de cette nuit ouverte sur le jardin de ses hôtes pour qu'il se permette de revivre cet épisode. Il a gardé la mémoire en laisse. Même en analyse il y a si longtemps, il l'avait à peine évoqué. C'est Mathieu mort des années plus tard qui avait pris toute la place quand il était en séance.

Ce soir, le souvenir est là. Et il contient déjà toute l'histoire.

Simon respire lentement, profondément. Dans le calme de cette nuit, il voudrait que le sommeil l'emporte par magie. Mais il sait bien qu'on ne peut pas faire l'économie de ce qui nous habite par un acte de volonté. Les émotions violentes sont empreintes. On ne peut que les circonscrire pour qu'elles n'envahissent pas tout. L'informe, c'est ce qui empêche de se laisser aller à la nuit, au sommeil. C'est la peur sans nom. Il soupire. Oui il sait tout ça. Mais quelque chose en lui dit Pas ce soir. Pas ce soir. Le souvenir du feu, il voudrait s'en éloigner.

S'éloigner du garçon tremblant sur le sable.

Alors il retourne en pensée vers le cabinet où il a passé tant d'heures à travailler. Sa protection.

Il imagine la pièce dans l'obscurité, le silence. Il remonte en pensée dans sa tour, se cale dans son fauteuil, revoit l'aquarelle de Louise.

Elle avait dit Ça s'est passé une fois, Simon, une seule…

Comme si c'était le nombre de fois qui changeait les choses !

Et puis elle avait ajouté Il voulait savoir ce que c'était…

Et alors ? Il s'entend encore crier Il y a des millions de femmes sur terre ! Pourquoi toi ?

Et sa colère. Et son désespoir.

Il regarde la nuit du jardin. La lune éclaire doucement l'allée qui mène à l'atelier de Daisuke. La mémoire ne le lâche pas. Il se lève d'un coup et sort. Marcher pieds nus dans le jardin. Respirer l'air de cette nuit. Il faut calmer tout ça. Ses pas le mènent à la porte de l'atelier. Il la pousse. Il était sûr qu'elle n'était pas fermée à clef. Il n'allume pas. La lune éclaire suffisamment. Il fait le tour des lieux, comme un chat. Il cherche à capter un peu de la présence bienfaisante de Daisuke. Il le revoit travaillant tranquillement. Il effleure chaque chose des doigts, s'imprègne de la paix des lieux. Ici il n'y a rien d'autre que le travail patient et les heures longues. Ici aucune passion n'a sa place, aucune colère.

Combien de temps est-il resté, assis sur le siège bas ?

Quand il retrouve son cœur d'homme calmé, il se lève.

Il voulait savoir ce que c'était... eh bien, il a su. Et avec sa Louison.

Simon retourne lentement dans sa chambre.

Il a été lui aussi un havre pour les émotions insoutenables des autres. Il a su être ce havre. Toutes les tempêtes se calment. Il faut juste pouvoir attendre. Sentir qu'un autre est là, avec vous, pour traverser, c'est la seule aide. Il a été cette aide pour tant d'autres. Aujourd'hui il est fatigué.

Que fera-t-il de toutes ses notes, dans le bas de sa bibliothèque ? Les émotions de toutes les vies qui se sont confiées à lui. Il envie soudain le départ de Lucie F. Net. Sans retour en arrière. Sans parole. Il aimerait lui aussi quitter son cabinet comme ça. Avec ce qu'il imagine de détermination. Il la revoit, son visage ovale, les yeux clos.

Simon prend alors son carnet, il écrit. Retourner au travail, c'est sa sauvegarde.

Elle gardait les yeux clos tout le temps de la séance. Elle avait une voix basse, je me rappelle, parfois au bord de l'inaudible. Et elle n'aimait pas répéter, elle disait Tant pis si c'est perdu, c'est perdu... aucune importance... et je me rappelle mon irritation. Pourtant elle avait raison, non ? ce qui se perd se perd et c'est tout. C'était son choix, je le respectais. Mais je ne pouvais m'empêcher de me demander si elle ne baissait pas la voix exprès à certains moments pour créer cette perte qui m'irritait. J'avais fini par me détendre et je m'étais laissé aller à ne prendre que ce que je pouvais entendre.

Je pense Elle me parlait... mais je devrais penser elle parlait c'est tout. Ce petit pronom à la première personne où je me glisse est encore de trop.

Simon soupire et continue à écrire.

Moi j'ai juste servi à ce que la parole ait lieu. Et même si du divan une voix semblait s'adresser à moi, je sais que je n'étais là que pour le passage des paroles du dedans au dehors.

Toute ma vie, j'ai été celui par qui la parole intime d'un autre advient enfin. Pour quelqu'un qui ne faisait pas partie de ma vie, dont je ne connaîtrai jamais l'histoire réelle. Je n'ai eu que la vérité racontée sur le divan et j'ai dû m'en contenter. La vérité et la réalité ça fait deux. Je n'ai pas fait profession d'enquêteur et ce n'étaient pas non plus des amis qui venaient me confier leur peine ou leur joie.

C'est autre chose et aujourd'hui je mesure que c'est bien plus à mes yeux finalement.

C'est la profondeur tue de toute une existence. Quelque chose qui ne se dira jamais ailleurs que là, sur un divan. Oh oui, je n'aurai jamais pu faire autre chose. Ça, je ne le regrette pas.

Simon lève la tête lentement, se masse les cervicales d'un geste familier quand il a trop travaillé. On dirait que la lune s'est cachée ou bien le jardin est plus noir, il voit mal. Ses pensées ont quitté le feu et la plage lointaine. Il écrit encore J'ai rêvé un temps d'être écrivain ou peintre. Un artiste.

Un écrivain est loin de ses lecteurs, chez lui, dans son bureau. Il écrit seul. Moi j'ai été en présence de chacun et ça change tout.

Je ne pourrai jamais écrire, seul, dans mon bureau.

J'ai écrit uniquement pour mémoriser ce qui s'était dit en présence, sur le divan. C'est ma seule écriture. Adressée seulement à moi.

Il se lève, va boire quelques gorgées fraîches de cette boisson dont il ne parvient pas à se rappeler le nom puis il prend dans sa valise le seul recueil de poèmes qu'il a emporté. Il lit la poésie pour lui seul, à voix haute. Il sent vibrer dans sa propre voix cette poésie charnue, déroutante de beauté fruste qui l'arrache à lui-même. Yannis Ritsos. Elle l'emporte comme la contemplation d'un tableau. Il entre à l'intérieur des mots comme dans des couleurs. Il faut qu'ils soient peu nombreux et choisis, simples. C'est le prosaïque enfin dévoilé, comme si on voyait chaque chose pour la première fois, qui est une voie sûre vers le poème. Il aime les haïkus aussi pour ça.

Mais cette nuit, ramené par les souvenirs, c'est le Grec qui l'accompagne.

Quand il sent que le sommeil l'enveloppe enfin, Simon ne retourne pas sur son lit. Cette nuit, il campe au bord d'un territoire lointain de la mémoire. Il lui faut de l'air.

Il a posé le livre. Des images sont là, derrière ses paupières. Ces images-là il peut les accueillir sans crainte. Elles viennent d'ici.

Il y a des arbres très verts et d'autres aux branches dépouillées d'hiver, l'ossature apparente des branches

Il y a une infinie couleur bleue qui colore la lumière sur la plage

Il y a un coquillage étoile au fond d'une coupe

Et le visage radieux de l'intrépide Louise qui se tourne vers lui pour leur premier baiser.

Akiko et Daisuke sont passés non loin de lui endormi. Ils ont souri de le voir allongé sur le tatami
devant la baie vitrée. Ils ne savent rien de ses rêves.
Ils n'ont fait aucun bruit.

Eux, certaines nuits, aiment s'installer dans un
endroit retiré au fond du jardin. Ils y emportent
une natte et un simple drap fin, deux coussins aux
couleurs vives. Ils s'allongent à l'abri de deux grands
arbres aux branches longues. Le sol là est sableux
et doux. Ils emportent de l'eau où Daisuke a glissé
des tranches de fruits à la douceur acide et fraîche,
leurs tasses de nuit, l'une bleue, l'autre rouge sombre.

C'est un rituel qui date d'il y a longtemps. Ils
viennent ici trouver un autre lieu pour leurs rêves
quand ils en ressentent le besoin.

C'est le cas ce soir. Ils ont senti l'émotion de
Simon, ce drôle d'hôte au regard juvénile et grave.
Ils n'ont pas cherché à connaître ce qui l'émeut si
fort. Le secret fait partie du cœur qui l'abrite. Mais
ce soir, ils ont été touchés comme s'il était leur fils,
eux qui n'ont jamais eu d'enfant. Ils n'en parlent
pas mais c'est ainsi.

Cinq ans après leur mariage, Daisuke avait invité Akiko à une première nuit dans le jardin. À l'époque les arbres étaient bien moins hauts et les branches bien moins longues. Il lui avait dit qu'ils les verraient pousser ensemble de nuit en nuit passée sous leur abri.

Cette invitation insolite faisait suite à une longue tristesse.

Quand Akiko avait su qu'elle ne pourrait jamais avoir d'enfant, elle avait pleuré. Cela avait duré des jours. Daisuke, lui, ne pleurait pas. Les larmes d'Akiko coulaient pour lui et il les regardait comme un bien précieux. Cette femme était son amour. Quoi qu'il arrive. Il lui savait gré de pouvoir pleurer. Lui n'y parvenait pas.

Il s'était mis au *kintsugi* peu de temps après en essayant de comprendre ce qui leur arrivait. Il avait vu lorsqu'il était enfant un homme qui travaillait ainsi, mort depuis longtemps. Il avait appris auprès de lui.

Travailler la terre, réparer la terre.

Il cassait tout seul ce qu'il créait dans son atelier. Il soulevait un bol, un vase ou une coupe. Il tenait l'objet longtemps dans ses mains puis à un moment que lui seul sentait juste, il écartait les mains et laissait tomber l'objet. C'est à ce moment-là qu'il avait dégagé la petite esplanade devant ce qui était devenu le Pavillon des Coupes cassées. Il ramassait les morceaux en murmurant des paroles que personne ne pouvait entendre. Puis il réparait.

Pendant des mois, il avait ainsi travaillé, cassé, réparé. Peu à peu des images venaient à son esprit. La grande maison de ses parents, faite pour accueillir de nombreux enfants, se transformait dans sa tête.

Les mains occupées par son patient travail, son imagination peu à peu libérée, il recréait l'habitation.

La maison il fallait la transformer comme l'annonce faite à Akiko transformait leurs vies à tous les deux.

Il portait en lui suffisamment d'amour pour consoler cette femme. Aucun enfant ne grandirait auprès d'eux mais son amour à lui pouvait grandir. Il décida d'élever son amour comme on élève un fils ou une fille, avec infinie tendresse et exigence. Et son amour avait bien grandi. Son art du *kintsugi* en même temps.

Akiko aimait ce qu'il créait. Cela suffisait à Daisuke. Elle, elle s'était mise à voyager vers les tissus anciens pendant qu'il modelait la maison à sa nouvelle forme. De chaque voyage elle revenait avec des étoffes et des histoires qui se transmettaient autour des vêtements, de ceux qui les avaient portés, de ceux qui les avaient créés. Elle lui montrait les trésors qu'elle avait dénichés. Jamais aucun vêtement d'enfant. Elle racontait. Il palpait les étoffes, imaginait souvent une forme en terre en les contemplant, certains tissus appelaient dans sa tête des modèles anciens de vase qu'il voyait en esprit, en écoutant celle qu'il aimait. Akiko souriait de mieux en mieux.

Ils n'auraient pas d'enfant mais peu à peu l'idée fit son chemin qu'ils pourraient accueillir des gens à qui ils offriraient de partager à leur façon leur havre de paix. Il aménageait la grande maison.

Il avait d'abord réduit l'habitation à leur besoin. Pas de pièce vide, inoccupée. Inutile de rappeler la blessure. Il avait séparé de leur habitation à eux les pièces qui étaient devenues les trois pavillons. Cela avait pris des années.

Ces deux-là vivaient du mieux qu'ils pouvaient, de toute leur âme. Et ils transmettaient aux gens du bout du monde quelque chose d'eux-mêmes en étant des hôtes attentifs et généreux, à travers la collection et le *kintsugi*.

Akiko avait cessé de pleurer lorsqu'il l'avait emmenée pour leur première nuit sous les deux arbres. La veille, Daisuke avait marché longuement, l'esprit embué par les larmes de sa femme. Quand il s'était arrêté sous les deux arbres, son esprit s'était miraculeusement allégé. Était-ce la lumière qui entourait les troncs minces, les reflets sur les jeunes feuilles ? Il ne s'était pas attardé à chercher ce qui avait éclairci sa propre peine.

Toute la journée il s'était demandé quoi faire de ce cadeau inattendu qui rendait au monde sa légèreté.

À la nuit, quand il avait vu Akiko, le cœur lourd, se préparer une nouvelle fois pour une nuit d'affliction, il avait su. Il avait pris la natte, un drap fin et deux coussins aux couleurs joyeuses. Il avait préparé une carafe d'eau et des fruits rafraîchis, demandé à Akiko de leur choisir deux tasses. Les bras chargés, il lui avait fait signe de le suivre. Akiko ne comprenait pas mais elle l'avait suivi, la tasse bleue et la tasse rouge à la main.

Cette nuit-là il avait retrouvé l'haleine douce de sa femme sur tout son corps. À nouveau il avait pu embrasser chaque parcelle de sa peau à elle. Rien en elle ne s'était durci ni dérobé. Elle avait, elle dont le corps avait été si joyeux dans l'amour, retrouvé la montée ample du désir pour le jeune corps de son mari dans la nuit du jardin. Elle l'avait bordé de son haleine en soufflant légèrement sur sa peau, à sa façon inimitable. Il disait qu'elle lui faisait l'amour comme un oiseau. Et il l'avait pénétrée pour la première fois à nouveau sans rien attendre d'elle que le don merveilleux de son corps. Ils n'auraient pas d'enfant. Soit. Leurs étreintes seraient dénuées de tout autre objet que l'amour. Ils étaient aussi légers que les oiseaux, se contentaient de ce qui leur était donné. Ils n'espéraient rien d'autre.

Cette nuit-là Akiko n'avait pas pleuré dans son sommeil. Et ses larmes cessèrent.

Ils ne venaient pas souvent sous les deux arbres. Il fallait qu'une nécessité profonde les y pousse. Et qu'ils la ressentent ensemble.

Cette nuit, ils se regardent longuement et Akiko dessine de son index le visage de son époux. Il aime qu'elle lui dessine ainsi un visage dans la nuit. Il dit tout bas qu'elle le garde d'oublier le visage de sa jeunesse même si aujourd'hui c'est un homme aux cheveux blancs. Les mains de Daisuke sur les seins, sur le ventre d'Akiko sont toujours aussi fermes et fraîches. Lui aussi la garde d'oublier son corps de jeune femme. Les mots qu'ils prononcent dans la nuit rejoignent les mots qu'ils ont prononcés tout au long de leur vie sous les deux arbres. Les longues branches gardent vivants les mots tout autour d'eux, avivent leurs caresses, les gardent, eux, vivants dans la nuit. Aimants.

Cette nuit, leur tendresse pénètre les rêves de Simon. Il y a dans le monde d'invisibles liens. Ils n'opèrent que la nuit. Au matin on en garde une impression fugace, comme un trait de peinture qu'on remarque à peine dans un tableau mais qui lui donne toute son assise.

Simon rêve.

Il est dans sa tour. Dans sa maison près du port. Son bureau depuis son départ est voué à l'obscurité. Les volets sont clos, la nuit perpétuelle. Et dans la nuit il n'y a rien. Ses agendas sont toujours en pile et les cas soigneusement archivés dans des chemises en carton.

Le classeur où était rangée la chemise Lucie F. a été déplacé.

Lucie F. poursuit son silence. Seule. Au milieu des notes de Simon.

D'elle, ici, il n'y a qu'une existence de papier. Des signes sur des pages. La vie de quelqu'un c'est autre chose. La vie qui palpite qui cherche à se frayer la route la plus libre possible, où est-elle ?

Lucie F. s'est échappée. Une fois de plus. D'elle, elle n'a laissé que ces notes hâtives écrites par un homme soucieux il y a longtemps, comme une traîne aux plis froissés, douteux.

Les notes du psychanalyste ne savent pas ramasser la poussière.

Alors comment s'approcher de Lucie F. ? La tenir entre quatre murs, vraiment ? De quelle pièce blanche rêvait-elle ? Carrée. Peut-être si Simon Lhumain n'avait pas eu cette phrase incongrue lors de sa dernière séance, lui aurait-elle fait franchir le seuil, peut-être se serait-il retrouvé aveuglé de soleil devant une mer très bleue ?

Peut-être y a-t-il sur une colline, une pièce, juste une, blanchie à la chaux chaque année à Pâques, qui tient sur ses fondations on ne sait plus comment. Au-dessus, les ruines d'un monastère. Plus bas les oliviers, un champ scrupuleusement cultivé et une petite chapelle désaffectée comme il y en a tant sur cette île.

Lucie F. sait que là, elle aurait pu demeurer. À ne rien faire.

On ne peut pas à la fois contempler et habiter n'est-ce pas ? Elle avait dit cela un jour.

Là, enfin, quelque chose était possible. Une vie où habiter compte pour peu, contempler pour beaucoup. Ça lui allait.

Le vieux moine, seul gardien du lieu, avait tenu à lui montrer comment il faisait sa farine. C'était la deuxième fois qu'elle s'aventurait jusque-là, la voiture laissée en contrebas sur un parking de fortune, la rude montée effectuée sous le soleil. La première fois, elle n'était pas seule. Accompagnée par un amant de l'époque, elle avait senti le regard du moine une ou deux fois, comme un appel. L'homme qui l'accompagnait s'impatientait. Il voulait aller déjeuner sur une plage dont on lui avait parlé. Elle, elle serait bien restée là, à partager avec le vieux moine une galette et des olives. Elle avait suivi son amant à regret. Le vieux moine lui avait donné une petite bouteille remplie à la source qui coulait de la montagne et déposé des fruits dans ses mains. Elle avait incliné la tête, remercié très bas, s'était promis qu'elle reviendrait, seule.

Du temps était passé, dont une partie sur le divan de Simon Lhumain. Un jour, elle était revenue, le cœur battant. Seule. Le vieux moine n'avait d'abord montré aucun signe de reconnaissance mais elle sentait que cela faisait partie de l'ordre des choses. Elle était revenue et il savait qu'elle reviendrait. Il ne l'avait pas attendue. Il avait poursuivi sa vie mais il savait qu'un jour elle serait là, à nouveau, et seule. Ils reprenaient tout simplement le cours des choses.

Il avait mis en route la machine souffreteuse qui avait eu du mal à démarrer puis, à grand bruit, avait fait ce qu'il fallait et le grain avait été moulu. Il lui avait montré chaque étape de la mise en marche, lentement. Puis il lui avait montré aussi, plus haut dans la colline, où étaient rangées ses réserves d'huile, de plantes aromatiques. Elle l'avait suivi en silence. De temps à autre il se retournait pour voir si elle parvenait à grimper et elle recevait le choc de son regard si bleu, naïf et sauvage. Il avait de larges pieds nus et des mains calleuses.

Dans un anglais malhabile, avec cette voix brusque des gens qui ont perdu l'habitude de parler, il lui avait expliqué qu'avant, lui aussi était un intellectuel. Puis il avait montré le creux de ses paumes, ses poignets, et il avait dit Jésus. Comme si le nom s'était fiché en lui là, là et là. Il avait eu un sourire d'enfant. Elle ne comprenait pas tout et s'en fichait de ne pas comprendre exactement. Voilà. Il avait tout quitté pour ici. Ça, elle comprenait. Ce monastère d'une seule pièce tenant encore debout et l'immensité pour le regard.

Il lui avait à nouveau rempli les mains de fruits et l'avait invitée à se désaltérer elle-même cette fois directement au robinet dans la roche qui laissait glisser l'eau douce de la source. Elle avait bu. Elle avait senti l'odeur chaude des fruits tout au long de sa descente. Dans sa voiture, elle avait pleuré. Jamais elle ne s'était sentie ainsi accueillie. Jamais si seule après.

Retourner là-bas, pour un long, très long séjour, elle en avait eu envie. Il était vieux ou peut-être pas, peut-être ces traits burinés par le soleil le vieillissaient-ils ? Elle avait vu dans la pièce près d'une fenêtre étroite un lutrin et une vieille bible enluminée, ses lunettes posées sur l'appui de fenêtre à côté d'une bougie et d'une boîte d'allumettes. Il étudiait donc là. Au mur, de deux côtés, des fresques presque effacées sur la pierre. Tout le reste était blanc. Près du lutrin il y en avait un autre, vide, une paire de lunettes attachées par une cordelette pendait d'un des coins. Il avait suivi son regard et dit *Gone*. Elle n'avait pas questionné.

Ainsi il y avait eu un autre moine ici. Comment pouvaient-ils se partager si peu d'espace. *Gone* pour mort ou parti dans une maison de retraite pour vieux moines pauvres ? Sans ses lunettes ?

Longtemps elle s'était dit qu'elle retournerait, que peut-être c'était là-bas son "chez-elle" … puisqu'il lui avait tout montré…

Mais c'était folie n'est-ce pas ? On ne peut pas tout quitter pour aller vivre sur une colline perchée sur une île juste pour étudier, contempler ? Pourtant ça c'était quelque chose qu'elle, elle pouvait imaginer et aimer.

La phrase de Simon Lhumain, la fameuse phrase qu'il avait lancée Eh bien pour arriver à tout ce blanc, il va falloir faire le ménage ! Cette phrase en apparence si triviale l'avait frappée comme une évidence qu'elle attendait depuis longtemps. Le ménage, elle l'avait fait.

Ce jour où elle lui avait raconté le rêve, elle avait su, au moment même où elle parlait, que ce serait sa dernière séance. Pour la première fois elle s'était entendue parler et c'était comme si elle s'adressait à elle-même. Vraiment. Alors elle pouvait enfin s'accompagner toute seule même si elle était sur ce divan ? Monsieur Lhumain n'était plus qu'une image… comment expliquer cela ? Peu importait ce qu'il pensait. Elle n'avait plus besoin de lui. Elle "s'avait", elle, et c'était extraordinaire de sentir ça.

Elle avait laissé ses pensées divaguer, les yeux ouverts. Elle était bien. Remarquablement bien. Ce bien-être, elle l'avait gagné, au fur et à mesure de ces séances ici, dans ce cabinet, sur ce divan. Et c'était à cet homme-là, avec son élégance discrète, son écoute "palpable" lorsqu'elle fermait les paupières, qu'elle le devait. Parler ici avait été un acte essentiel. Désormais elle pourrait se parler tranquillement à elle-même, se rasséréner quand elle en aurait besoin, se moquer d'elle-même aussi quand il le faudrait. Elle quittait les rivages de la tragédie.

Avec ça, elle était libre. Ce serait sa dernière séance.

Elle se rappelle fort bien son intonation désinvolte "faire le ménage". Elle l'avait entendu, de loin. Il ne croyait pas si bien dire, Monsieur Lhumain.

Lucie F. remonte ses cheveux en chignon et, délicatement, glisse une pique en écaille pour les tenir. Elle soupire.

Si elle n'avait pas passé autant de temps sur son divan, elle ne serait pas la femme qu'elle est aujourd'hui. Le ménage, elle l'avait fait à chaque séance, en silence parfois. Elle se rappelle. Elle tentait parfois, les yeux clos, de percevoir son souffle à lui, pour être sûre qu'il y avait bien quelqu'un là. Il est même arrivé qu'elle craigne qu'il ne meure, comme ça, sans bruit, derrière elle, et que ce soit de sa faute. Elle n'en avait jamais parlé à voix haute.

Elle se disait dans ces moments où elle résistait à se retourner pour vérifier la vie de cet homme, bien présente derrière elle, que peut-être tout ce qu'on lui confiait était trop lourd. Oui bien sûr, les psychanalystes, c'est comme les prêtres, ils n'en meurent pas. Mais si, justement lui, Monsieur Lhumain, n'était pas un psychanalyste comme les autres ? Si pour lui le fardeau était trop lourd ? Que faisait-elle d'autre, elle, qu'ajouter du poids deux fois par semaine à tout ce qui déjà pesait ? Elle payait, d'accord, mais l'argent n'empêche pas le poids des mots. Elle avait lu des livres depuis sur la pratique analytique. Elle avait appris que son transfert avait dû être massif pour ainsi craindre la mort de son analyste.

Les yeux fermés, elle entendait les moindres bruits. Parfois il bougeait un peu. Se rendait-il compte du froissement léger de l'étoffe dans l'air. Elle percevait qu'il croisait une jambe sur l'autre, elle devinait qu'il posait son coude sur la petite table à côté de lui. Parfois elle passait la séance à uniquement l'écouter et ça la reposait. Ça la ramenait dans sa chambre d'enfant, l'oreille guettant les bruits de la maison.

Elle retrouvait une certaine paix. Celle d'avant tous les départs. Elle aurait pu s'endormir, paisiblement, là. D'autres fois, elle le guettait comme un animal guette sa proie.

Et le jour où elle s'est enfin décidée, libre et seule, voilà qu'elle croise Simon Lhumain à l'aéroport. La vie est plus inventive que les romans.

Simon se réveille tôt de cette étrange nuit. La lumière éclatante vient le cueillir. Contre toute attente, il se sent reposé et dans une étrange tranquillité. Il a le sentiment qu'il pourrait vivre ici toujours et en même temps il pense à rentrer sérieusement pour la première fois. Il se rappelle qu'il a rêvé de sa tour. Qu'a-t-il laissé de lui là-bas ?

Il déguste à nouveau la boisson déposée dans le réfrigérateur. Il laisse la fraîcheur l'envahir puis se glisse sous une douche froide pour parfaire la sensation.

Les images qui ont précédé son sommeil sont là, à fleur de peau. L'eau fraîche de la douche les a ravivées. Le visage de Louise. Mathieu qu'il avait fait tomber près du feu. Il a remonté le temps. Entre ces images et tout ce qui est advenu plus tard, il y a une autre étape à franchir, il le sait. Il n'est pas au bout. Mais il s'y refuse. Son rêve l'a ramené dans son refuge, dans sa tour. Pourtant il est bien placé pour savoir que s'il ne franchit pas cette étape, il restera coincé.

Quelque chose en lui "fait le mort". Et il ne veut pas le réveiller.

Ne pas passer seul sa journée, à ruminer. En se rasant, face à son visage, il a l'intuition qu'il faut qu'il se prenne par surprise, c'est la seule façon d'y aller. Ne pas laisser la pensée seule le guider. La volonté maintenant, celle qui l'a si bien aidé à traverser tout, ce n'est plus le bon outil.

Il faut savoir changer d'outil.

Il s'assoit face au jardin.

Rendre les armes.

Il laisse son regard se reposer sur les arbres. Combien de temps est-il resté ainsi.

Il va falloir désormais compter sur les autres, compter sur ce que la vie génère pour la vie. La vie des uns, la vie des autres. Après tout. La sienne dans le flot. Une petite vie de rien du tout dans le tourbillon. Un atome. Arrêter de ne compter que sur lui. Se laisser embarquer. Il y a du repos à penser ça. Ici, il sent qu'il peut se hasarder.

Retrouver le bruissement des voix et les visages, soudain il en a besoin. Sortir de sa retraite.

Il s'habille rapidement et commence par aller retrouver ses hôtes. La maison lui est plus familière maintenant. Il se dirige vers la pièce à vivre sans se demander s'il va déranger. Avec Akiko et Daisuke une intimité discrète s'est mise en place, il se permet.

Akiko est là, le visage penché sur un gros livre, des tissus *bingata* étalés sur la table autour d'elle. À nouveau les couleurs.

Oh quelle bonne surprise, Simon, vous voilà !

Il lui sourit et montrant les tissus Déjà au travail ?

Elle a le visage animé d'une joie juvénile Je ne sais pas si c'est le fait d'avoir ressorti pour vous hier des pièces que je n'avais pas regardées depuis longtemps ou le bienfait de ma nuit au jardin mais ce matin Simon j'ai à nouveau envie de partir en recherche. Les tissus m'appellent. Il ne faut jamais laisser dormir une collection trop longtemps. Je sens que c'est le moment d'apporter de la nouveauté. Cela faisait longtemps. Mais je bavarde… voulez-vous partager une tasse de thé avec moi ?

Avec plaisir.

Simon s'est assis avec un sentiment familier dans cette pièce. La lumière du matin la traverse et lui donne une atmosphère plus vibrante que le soir. Entrer dans ces nuances, c'est commencer à connaître une maison. Il goûte cette connaissance nouvelle. Il pense au mot générosité. Ces hôtes portent si bien ce mot. Il se laisse embarquer par la voix d'Akiko, se sent au diapason et il ose Vous avez bien dit la nuit au jardin ?

Le rire d'Akiko est beau à entendre

Oui c'est une vieille coutume avec mon époux. Parfois nous dormons dans un endroit qu'il a choisi, il y a très longtemps – elle insiste sur le "très" – sous deux arbres, dans le fond du jardin. Ce sont des nuits particulières dans notre vie. Voyez-vous, nous n'en attendons rien mais souvent après il se passe des choses intéressantes… et parfois rien, ajoute-t-elle en haussant les épaules, juste une autre forme de repos et c'est bien aussi.

Décidément avec eux deux il n'est pas au bout de ses surprises. Il s'est habitué au goût un peu fort du thé et maintenant il l'attend, l'apprécie. Akiko lui présente une assiette de petits beignets sucrés. Je parie que vous n'avez pas pris encore de petit-déjeuner !

C'est vrai. J'ai d'abord eu envie de venir vous entendre, Akiko.

Oh, oh, monsieur le psychanalyste… le désir de m'entendre ?

J'aime certaines voix Akiko. Il ne dit pas à quel point aujourd'hui il en a besoin.

Elle lui sourit, ne dit pas qu'ils l'ont vu dormir devant la baie vitrée, pense que la nuit lui a profité à lui aussi.

Racontez-moi ce que vous voulez aller chercher, dit-il en montrant à nouveau les tissus.

Alors prenez votre thé, puis nous retournerons voir la collection et je vous expliquerai.

Daisuke est déjà au travail ?

Oui il se lève très tôt. Ce matin il était joyeux et affairé. Il avait son air qui annonce quelque chose… je ne sais jamais quoi… une idée, une création… avec lui on ne sait pas avant… mais c'est joyeux.

Les mots d'Akiko viennent toucher la mémoire encore palpitante de la nuit On ne sait pas avant… mais c'est joyeux… on ne sait pas avant… Simon réentend les pas de Lucie F. dans l'escalier, rapides, légers. Joyeux ? il n'avait jamais pensé "joyeux". S'en allant joyeuse ? On ne sait pas avant… non, il ne savait pas avant qu'il ne la reverrait jamais dans son cabinet…

J'ai dit quelque chose Simon ? Akiko l'observe, sa tasse à la main, il a un drôle de sourire.

Oui vous avez dit quelque chose ma chère Akiko et ça me fait repenser à un épisode de mon travail de psychanalyste… autrement.

Oh… vous me rendez curieuse… vous me raconterez ? Mais… je sais que ça ne se fait pas…

Simon sourit Non ça ne se fait pas c'est vrai mais je peux vous parler de moi...

Je sens que je vais aimer notre conversation. Venez, allons voir la collection.

Dans la pièce aux tissus, Akiko a ouvert un coffre bas, au bois lisse, foncé, sans aucune sculpture ni aucun ornement.

Vous voyez Simon, ici il y a un vêtement très ancien tissé avec ces fibres végétales, libériennes, qui permettent de lutter aussi bien contre le froid que contre la chaleur. C'est ma dernière acquisition. Un vêtement à l'intelligence "naturelle". Je suis seule à le toucher, ne m'en veuillez pas.

Je comprends murmure Simon.

Devant lui les doigts fins d'Akiko déplient une sorte de cape avec des ouvertures pour les bras. La couleur de la fibre de bananier est rehaussée par des broderies bleu indigo. Ce vêtement a quelque chose d'impressionnant, pourtant il est très simple mais c'est le respect dont Akiko l'entoure qui le rend solennel.

La voix d'Akiko a pris une autre tonalité. Elle parle bas, sa vibration est bordée, arrondie et comme retenue par de la pierre. Simon imagine une grotte, une crypte.

C'est un vêtement sans doute porté seulement pour des cérémonies. Il était tissé et brodé par les femmes. Mais ce sont seulement les hommes qui les portaient. Il a dû demander des mois de travail. Peut-être plus.

Simon imagine le lent travail des femmes, l'atmosphère qui entourait ce travail.

J'y ai mis tout ce que j'avais économisé, puis elle ajoute Je ne le regrette pas.

Simon contemple cette pièce rare.

Dans son cabinet aussi des gens ont mis des mois des années à tisser longuement une histoire respirable dans laquelle loger leur vie. Parfois quelques points de broderie quand le vêtement était prêt à être porté, à rejoindre le monde. Et lui il y a mis aussi tout ce qu'il avait. Tout ce qu'il était. A-t-il entendu vraiment chaque souffle chaque silence ? Il a essayé. De tout son être, oui.

Il soupire comme pour lui-même Moi non plus je ne regrette pas.

Akiko lui sourit et reprenant le ton de la conversation elle lui lance Alors vous me racontez ?

Simon prend garde de ne rien révéler des paroles de Lucie F., déontologie oblige, même à des milliers de kilomètres, mais il raconte la disparition de cette femme après la séance où elle lui avait confié un rêve essentiel et comment elle s'est à nouveau imposée à sa mémoire depuis peu. Il ne dit pas qu'il est sûr de l'avoir croisée à l'aéroport. Il craint de perdre toute crédibilité. De la fameuse dernière séance il ne confie que Je pense que je n'ai pas été à la hauteur du rêve qu'elle m'a raconté.

À la hauteur du rêve, répète Akiko. Mais qui peut être à la hauteur du rêve de quelqu'un d'autre…

Il est frappé par ces mots. Oui qui peut être à la hauteur…

Vous avez raison mais mon métier, c'est d'essayer. Même si je sais qu'on ne peut sans doute pas y parvenir, on essaie…

C'est toujours beau d'essayer, dit Akiko rêveusement.

Quand quelqu'un disparaît comme ça, on imagine le plus grand des malheurs. Enfin moi c'est ce que j'ai imaginé… jusqu'à aujourd'hui. Vous voyez, l'imaginer partant joyeuse alors ça, jusqu'à maintenant… non.

C'est toujours plus difficile d'imaginer le plus grand des bonheurs, non ?

Simon reste silencieux un moment puis il murmure Oui c'est toujours plus difficile.

Surtout quand quelqu'un trouve ce bonheur en vous quittant non ?

Et voilà Simon à nouveau roulé par les vagues. Il retourne vers les images que la nuit a imposées avant qu'il ne s'endorme.

La cape qui ne couvre plus aucun corps aujourd'hui, ses broderies patientes, et les corps sauvages de l'enfance. Le plus grand des bonheurs ? Où ? Il a fermé les yeux.

La nuit du feu sur la plage, il aurait fallu que l'obscurité soit enveloppée du travail lent et patient des femmes. Cette nuit-là les femmes ont manqué. Les doigts des femmes, invisibles, qui auraient tissé et brodé la suite de l'histoire. Tout aurait été différent. Les jeunes cœurs et les désirs des deux garçons entremêlés aux doigts des femmes.

Simon songe.

Le corps de son ami pour toujours lié au feu et à l'eau, où qu'il soit.

Cette cape est une protection vivante murmure-t-il. Celui qui la portait devait se sentir à l'abri de tout. Comme avant tout langage.

Akiko ne dit rien. Elle lui tend cérémonieuse-ment la cape.

Levez-vous Simon.
Elle se hausse sur la pointe des pieds et lui passe la cape sur les épaules. Il fait taire en lui la voix de l'ironie, celle qu'il connaît trop bien, si caustique face à toute croyance. La gravité d'Akiko mérite son respect.
Il chasse tout, ferme les yeux, ne veut que sentir le poids du vêtement sur ses épaules. Être digne de ça.
Et il voit alors les habits de son père en poussière entre ses mains et remontant encore plus loin, il voit sa mère les aérant, en prenant soin. Un soin amoureux. Sa mère toujours amoureuse de son père même s'il était mort depuis longtemps. Dans ses mains à elle, le désir encore vivant pour le corps perdu. Et lui, enfant, voyant cela, sentant cela et le refusant de toutes ses jeunes forces.

Les larmes qu'il n'a pas versées pour les morts, c'est maintenant qu'il les sent.

Quand Akiko lui effleure l'épaule, il ne sait pas combien de temps s'est écoulé.
Le chagrin ne tue pas. Il est toujours debout.
Akiko a les gestes lents de qui officie pour une cérémonie. Elle range la cape en murmurant quel-ques mots. Il ne lui demande pas de traduire.

Puis ils s'assoient tous les deux et elle lui sert un thé très fort. Chacun d'eux replie lentement son histoire dans le coffre. Ils partagent à ce moment-là quelque chose de commun, en silence. Le regard de Simon suit les mains d'Akiko. Il prend la tasse qu'elle lui tend et boit lentement.

Quand on a ouvert le coffre, plus rien n'est à l'abri. Il le sait. Les souvenirs ont leur vie propre. Ils n'ont que faire de nos peurs. Il n'y a plus qu'à être à la hauteur. La liberté est à ce prix. La seule qui vaille.

Il parle alors à Akiko de la raie *Manta*. Elle aussi, comme une cape qui se déploierait dans l'eau. Il dit qu'il a réussi à la contempler, qu'il aimerait connaître le conte de Daisuke sur les sauts hors de l'eau de cet animal énigmatique. Akiko sourit.

Même à moi il ne l'a jamais raconté.

Puis elle ajoute Si vous voulez Simon vous pourrez venir avec moi demain. Je vais me rendre dans une autre petite île, pas très loin d'ici. Je commence toujours ma quête vers les tissus en faisant une visite à une amie d'enfance et à sa fille qui habitent là-bas. Mon amie Nara est passée maître dans l'art de teindre les étoffes avec les plantes. Elle en fait pousser certaines, d'autres sont sauvages. C'est sa fille qui va les chercher en forêt. Elle obtient des teintes d'une grande subtilité. Avec le ferry, on part le matin et on peut rentrer le soir. Moi ça me donne de l'élan de la voir travailler, d'être auprès d'elles deux. Vous savez, son travail est apprécié dans le monde entier. Elle travaille pour de grands couturiers. Mère et fille sont deux personnes étonnantes. Qu'en dites-vous ?

Il n'y a pas à réfléchir. Simon accepte ce cadeau de grand cœur. Il veut suivre le mouvement de la vie. Il la laisse lui inventer une route.

Très bien. Alors nous partirons demain.

Et elle ajoute Ce soir si vous voulez, vous pouvez nous accompagner aux sources chaudes. Je vous en avais parlé. Nous y allons avec Daisuke après chaque nuit passée au jardin.

Simon remercie. Un pas de plus dans l'intimité de cette maison. Il en est heureux.

Ce jour-là, il écrit à Mathilde Mérelle. Cette fois, il lui écrit vraiment.

Il lui parle des tissus, il évoque même la cape. Il lui confie les sauts énigmatiques de la raie *Manta* et les "conversations" avec Daisuke dans son atelier. Il écrit au fil de ce qui vient. Il ne parle pas de son retour, de peur qu'elle ne réclame une date. Il ne parle pas non plus de Lucie F. La psychanalyse, même si elle est en arrière-plan, il la tient à l'écart. Il ne veut pas "parler boutique".

Il aimerait tenter avec Mathilde Mérelle l'aventure de l'amitié. Ça, il l'écrit à la main, dans son carnet. L'amitié avec une femme. Le voilà devant une terre inconnue. Quelque chose de vraiment neuf dans sa vie.

Une confiance profonde, qui n'aurait pas à souffrir des aléas du désir, est-ce possible ?

C'est comme apprendre une langue nouvelle, une syntaxe nouvelle. Il ne sait pas s'il peut s'aventurer mais il aimerait.

Il va déjeuner à l'auberge, cette fois sans plage ni natation puisque ce soir il y a la visite aux fameux bains. Il se réserve pour cette nouvelle expérience.

Comme si les eaux chaudes des sources ne pouvaient se mêler sur sa peau aux eaux de la mer. Comme si sa peau devait être le lieu où chaque chose s'inscrit de façon singulière. Il laisse la journée s'égrener autrement.

La petite fille n'apparaît pas dans la salle de restaurant. Il aurait aimé.

Aujourd'hui l'auberge est pleine. Simon observe un groupe de jeunes gens qui parlent aussi vite qu'ils mangent. Et dans un coin de la salle, un couple d'âge mûr qui semble fêter quelque chose mais c'est leur retenue qui attire son attention. Parfois la femme penche la tête sur le côté comme pour échapper au regard de l'homme, avec un sourire, et il aimerait savoir dessiner, saisir la courbe de sa nuque. Retenir cette grâce.

Il pense à Matisse et à ses courbes, si simples en apparence. Merveilleuses. Il revoit en pensée le *Nu au soulier rose* qu'il aime contempler. Le profil dans l'ombre de la femme pensive. Et son regard qu'il a fini par imaginer grâce au léger trait de lumière sur la nuque, rouge. Cette lumière qui a fini par éclairer pour lui le regard mangé par l'ombre. Combien de temps pour qu'un peintre arrive à cela ? Finalement pour tout ce qui importe vraiment, combien de temps ?

Lui il n'a jamais comme maintenant laissé le temps prendre sa place. Il écrit dans son carnet On dit "prendre son temps", ou bien "je n'ai pas le temps". Moi aussi j'ai dit ces phrases-là, comme tout le monde. Et comme c'est faux. On ne peut ni prendre ni perdre ni avoir le temps. Le temps n'est pas un objet, on le sait bien pourtant. Simon sourit. Toutes ses lectures de Bergson et d'autres... Non, le temps en dehors de nous n'existe pas. C'est nous qui sommes le temps. Nous nous égrenons. Il se confie à cette pensée comme s'il confiait son corps à la cape. Il se sent à l'abri dans cette pensée. Il songe. Qu'il s'égrène aujourd'hui et tous les autres jours. Cela suffira.

Dans ce carnet il écrit des choses que personne sans doute ne lira jamais. Il aime cette idée. Des mots tracés sans autre désir que celui de les tracer. C'est bien. Il referme le carnet et laisse son regard embrasser encore toute la salle avant de se lever.

Il ne sait pas que la petite fille, dissimulée du côté de la cuisine, n'a cessé de l'observer tout ce temps dans la taverne. Elle pense qu'il écrit des histoires et elle aimerait les lire mais elle a vu les signes déjà sur les pages et c'est si différent de ce qu'elle apprend à déchiffrer. Tant pis. Elle le dessinera.

Quand le jour baisse, Akiko envoie Nori chercher Simon. Il est en train de finir une longue lettre à Hervé. À lui, il confie qu'il a pensé rentrer mais qu'il ne sait pas quand. Il s'excuse pour les parties d'échecs mais vraiment il ne peut pas. Il pense à Hervé, il a déjà choisi le whisky qu'il lui rapportera. À déguster ensemble, lentement. Simon sourit.

Nori dépose sur une chaise une pièce de tissu en coton blanc, une sorte de gant assez rêche, une serviette. Pas de savon.

Simon se sent un peu emprunté devant ces préparatifs. Et il doit bien admettre qu'il appréhende un peu. Il sent le cérémonial et ses vieilles méfiances sont aux abois. Les résistances trouvent toujours une bonne niche d'où aboyer... Il emporte son maillot de bain.

Autant sur son île, il connaît les coins tranquilles où nager nu, le corps libre, et ça lui va bien depuis l'enfance, autant ici, avec des gens qu'il ne connaît pas, il éprouve une gêne. Il se dit que c'est stupide et il s'en veut. Rien de ce que peuvent lui proposer Daisuke et Akiko ne sera susceptible de le gêner. Il peut se fier à leur tact. Depuis qu'il est arrivé, on dirait qu'ils ont des antennes et savent toujours être à la juste distance.

Et le voilà à l'arrière de la voiture conduite prudemment par Akiko. Daisuke est assis devant auprès d'elle. Ils ne parlent pas. Ils longent un moment la côte puis s'enfoncent sous le couvert d'arbres dont il ne reconnaît pas les essences. La route devient étroite, ce n'est plus qu'un chemin. Il se demande un moment comment ça se passe quand deux voitures se croisent mais c'est idiot. Il doit exister une autre voie pour s'en aller. Le chemin est sinueux. Bientôt il entend un bruit d'eau très fort et déjà ils débouchent sur une esplanade bordée de larges pierres comme plantées dans le sol, verticales. Akiko gare la voiture. L'esplanade est vide.

Face à eux, une cascade.

L'eau jaillit avec fougue, elle dégringole des rochers, rebondit sur d'étroites corniches, s'élance à nouveau. Simon ne voit plus que ce jaillissement et la couleur verte. Tout semble végétal tant les arbres, les plantes, s'entrelacent dans une abondance luxuriante. Pourtant les rochers sont bien là, couverts de mousse. C'est un tableau à couper le souffle. Il reste immobile à le contempler.

Daisuke a posé sa main sur son bras. Le bruit de la cascade empêche toute conversation. Simon le suit sans même se rendre compte du sourire ravi qui vient de lui redonner un air d'enfant. Il a huit ans. Il est dans un livre d'aventures. Il va se baigner dans une cascade.

Il marche avec Daisuke sur un sentier étroit qui grimpe entre des plantes hautes dont les feuilles sont larges et charnues. L'ombre est bienfaisante et le bruit de l'eau qui coule ajoute à l'impression de fraîcheur. Soudain ils parviennent à une nouvelle esplanade sur un plateau, inattendue dans la luxuriance de la végétation. Deux grands préaux en bois rectangulaires se partagent l'espace et une haute et dense haie de bambous les sépare. Simon entend la voix d'Akiko derrière lui. C'est ici que les hommes et les femmes se séparent mon cher Simon. C'est la coutume. Vous allez suivre Daisuke et moi je vais profiter de mon bain toute seule puisque, aujourd'hui, il n'y a personne.

C'est un endroit merveilleux Akiko, quel cadeau !

Akiko sourit Attendez de sentir l'eau bienfaisante et vous verrez… rien ne résiste à un bain ici. Les bassins ont été construits il y a très longtemps quand on a découvert les bienfaits de ces sources chaudes. Chacun de nous sur l'île y vient deux ou trois fois par an. Pas plus. C'est toujours à une occasion particulière. Nous, nous venons ici après chaque nuit passée au jardin et moi, je viens avant chaque départ vers de nouvelles trouvailles. Je me lave de tout pour retrouver un regard neuf, une intuition neuve pour me guider, pour le voyage.

Simon écoute les paroles d'Akiko. Sa voix et derrière les paroles, l'eau de la cascade. Il aimerait tant aussi retrouver le regard neuf.

Quand il rejoint Daisuke, le vieil homme est déjà en train de descendre les quelques marches de pierre qui mènent à l'eau. Il descend lentement en s'étirant à chaque marche puis en ployant les genoux. Simon admire sa souplesse. À la dernière marche Daisuke plie soigneusement le tissu de coton qui lui ceignait les hanches, le dépose sur le bord du bassin puis il entre dans l'eau, nu.

Simon suit le même rituel. D'abord il se dévêt dans la petite cabane où il voit les vêtements de Daisuke posés sur un tabouret en bois. Il abandonne le maillot de bain, sentant combien il serait incongru ici, attache autour de sa taille la grande pièce de tissu puis comme Daisuke, descend lentement les marches, s'étire, ploie les genoux, enfin défait le tissu et entre dans l'eau.

Il ne s'attendait pas à une chaleur aussi brûlante. Il a d'abord du mal à la supporter. Daisuke, attentif, lui montre des jarres posées sur le bord du bassin. Elles sont pleines d'eau fraîche. Le vieil homme lève la main vers le bruit de la cascade et Simon comprend que c'est l'eau de la cascade qui doit atténuer le brûlant de la source chaude. Il faut verser l'eau sur le crâne et cela refroidit l'ensemble du corps.

Tout ce dont on a besoin est miraculeusement là. Les deux eaux se mêlent.

Peu à peu son corps s'habitue. Alors il commence à regarder mieux autour de lui.

Daisuke semble suivre un rituel de lentes coulées sous l'eau puis de pauses à l'air en faisant la planche. Simon se demande comment il supporte la chaleur, tête sous l'eau. Il ne s'y risque pas, décide d'explorer le bassin en en faisant le tour, lentement, ses jambes déplaçant l'eau de plus en plus souplement.

Le bassin est vaste.

Peu à peu, il oublie Daisuke.

Il trouve dans cette marche lente un rythme et une énergie inhabituels. Il peut percevoir chaque bruit distinctement alors que l'omniprésence de la cascade jusque-là avait étouffé tout autre son. Il y a des oiseaux qui lancent un appel bref, répété trois fois, suivi d'un silence avant que reprennent les trois sons brefs. Il pense au SOS en morse et sourit. Il ne connaît rien au chant des oiseaux, à leur appel. Il se dit qu'il y a là un monde à explorer aussi. Ses pensées vont et viennent au gré des sons et de sa marche. Il y a des branches qui frottent contre le mur de pierres c'est un bruit sec puis doux. Il y a à un moment un souffle de vent chaud. Il se rend compte qu'il marche les yeux fermés, pour être plus attentif au son.

Et bientôt il entend s'élever un chant. Il ouvre les yeux. Daisuke est allongé dans l'eau. Il flotte en souriant. Le chant c'est Akiko. Cela ne peut être qu'elle. Sa voix grave. Le chant est modulé, suave mais distinct malgré la cascade puis il prend un rythme plus tenu, presque guerrier. Simon retrouve le grain rauque de la voix d'Akiko. Il pense à tout ce qu'il a lu sur les femmes et leur antique pouvoir dans les îles Yaeyama.

Est-ce l'eau, le chant ou la nudité des corps qui le ramènent à la nuit du feu sur la plage ?

Tout en continuant sa marche régulière, il revoit Mathieu. Mathieu qui lui aussi marchait mais autour du feu.

Le corps de Mathieu cherche toute sa place dans sa mémoire. Lui, il est à nouveau celui qui le regarde. C'est la fameuse nuit de la fausse noyade. Il ne peut plus éluder maintenant. La mémoire est une bête coriace et elle est là, dans son corps, dans ses jambes qui écartent l'eau à chaque foulée. Dans le bassin aux eaux brûlantes Simon continue à marcher. Il sait qu'il ne faut pas s'arrêter. Le corps accompagne la mémoire.

Quand il l'avait poussé si rudement, Mathieu s'était éloigné brusquement, le visage défait. Il s'était accroupi de l'autre côté du feu, silencieux. Cela avait duré longtemps. Ils ne se parlaient pas, ne se regardaient pas. Un mot et Simon aurait pu se jeter sur lui, et le frapper encore. Combien de temps cela avait-il duré ?

Puis d'un bond Mathieu s'était levé et s'était mis à tourner autour du feu. Lentement. Il marchait en marquant bien chaque pas, en appuyant le talon dans le sable comme pour bien fixer sa trace. Une marche régulière, fascinante. Mathieu qui avait l'habitude des coups. Mathieu qui souriait. Et ce sourire narquois qui décuplait la rage de Simon.

Mathieu n'avait jamais froid. Il était nu aussi simplement qu'il l'était dans l'eau. La nudité ne le gênait jamais. D'habitude Simon n'y prenait même pas garde. La nudité était bonne dans l'eau. Les deux garçons avaient l'habitude, ils remettaient leurs vêtements sur la plage, au sec.

Mais sa nudité, là, devant le feu, dans cette marche lente, c'était autre chose. Un défi. Ce corps qui ne craignait pas la rage de Simon. Sans défense. Sans peur.

Mathieu martelant le sable de son pas. Et sa rage à lui.

Après quelques cercles autour du feu, Mathieu avait donné à son corps un autre mouvement. Il ne regardait plus Simon. Il frappait le sol du talon comme les Indiens et rebondissait, le visage levé vers le ciel. Il levait les mains très haut puis les baissait comme s'il tenait la lune entre ses bras. Simon se rappelle. Tout est là.

Il était fasciné.
Il assistait à une scène antique.
Il n'y avait plus de jeu.

Mathieu c'était une puissance dans un corps, quelque chose qui le dépassait, qui les dépassait tous. Mathieu, c'était, intacte, une part sauvage du monde et c'était puissant. Cette nuit-là il avait vu le sexe de Mathieu dressé. Il y a des corps qui vous relient aux strates les plus archaïques, celles que le cerveau bien policé ne connaît plus. Le corps de Mathieu était de ceux-là. Il avait ce don terrible de ramener chacun à l'orée du monde et cela n'avait rien à voir avec le sexe des uns et des autres. C'était plus vaste, plus fort. Mathieu était un être doué d'une ardeur puissante. Éros.

Il n'avait pas détourné les yeux.

Il ne pouvait détacher son regard de cette scène.

Et il ne savait plus si son sexe à lui, à l'abri des vêtements, se dressait parce qu'il pensait à Louise ou parce que Mathieu.

Non, il ne savait plus ni pour qui ni pour quoi son sexe à lui se dressait.

Il avait fermé les yeux.

Il n'avait jamais su. Le doute était entré.

L'évidence, Simon s'y rend. C'était Mathieu qui rendait si ardent notre trio. Mathieu disparu, tout s'est effondré. Et moi, je n'avais rien compris. Trop assuré de toutes les théories qui me permettaient de ranger le monde. Comme si le désir sexuel, cette puissance-là, pouvait être étiqueté et rangé une fois pour toutes. J'ai tout ramené à une banale histoire de trahison. Quand j'ai travaillé ça en analyse, je suis passé à côté et je n'ai rien donné à mon analyste qui puisse lui permettre d'engager l'énigme. L'énigme de notre désir.

Dans la nuit le chant d'Akiko rythme sa marche.
Qu'elle ne cesse pas. Il s'appuie à cette voix pour
oser penser encore. Le son ancien le soutient.

Bien plus tard dans la nuit, ils avaient fait la
paix en buvant des bières que Mathieu, épuisé par
sa danse, le regard encore fiévreux, avait sorties de
son sac à dos. Il les avait prélevées sur la réserve
d'un de ses frères. Ils avaient bu au goulot, vite.
Au bout d'un moment, les bières aidant, ils avaient
retrouvé, timidement, leurs rires. Ils ne parlaient
pas. Ils s'étaient couchés, chacun enfoui dans son
sac de couchage.
Simon avait laissé sa main apaiser le désir furieux
qui rendait son sexe presque douloureux. Puis il
s'était endormi d'un coup. Comme anesthésié.

Il se rappelle qu'au matin ils avaient retrouvé leur
clarté. Mathieu était à nouveau le frère qui l'accompagnait partout. Et lui refaisait les gestes des matins
sur l'île. Les bols et les tartines. Ils étaient à nouveau deux garçons joyeux qui campaient. Insou-
ciants et heureux. Fragiles et heureux. Protégés de
tout ce qui n'était pas le feu de camp et la tente,
l'odeur de l'océan et le vent frais qui aiguisait la
faim.

Simon avait rangé la danse de Mathieu dans le
coffre secret de sa mémoire. Loin. Ils n'en avaient
jamais reparlé.

Que savait-il vraiment de Mathieu ?
Et de lui-même ?

Un jour, Mathieu s'était noyé. Pour de vrai. C'est tout. Et lui n'était pas là pour le sauver.

Simon a cessé de marcher autour du bassin. Il a de l'eau jusqu'à la taille. Il s'est adossé au mur de pierre, regarde les ondes que fait sa main en balayant l'eau, doigts écartés.

Cette fois Mathieu avait choisi.

Le chant d'Akiko est maintenant retourné à la douceur et Daisuke lui répond. Simon écoute les voix accordées des deux époux. Un apaisement. Puis Akiko reprend seule. Sa voix semble faire partie des lieux. C'est une voix très ancienne. Elle chante maintenant pour eux deux et le cœur de Simon en est bouleversé. Les larmes lui viennent. Il a la sensation d'être appelé par quelque chose de si lointain.

Le regard de Mathieu est là à nouveau et son sourire heureux quand ils étaient tous les trois. Il était toujours heureux quand Simon et lui étaient en compagnie de Louise, ou de la mère de Simon. Il fallait une femme, là, avec eux. Entre eux. Simon approche une vérité qui ne lui était jamais apparue.

Le féminin devait être en contrepoint. Si on le lui enlevait, Mathieu était perdu.

Il lui avait enlevé Louise en la voulant pour lui tout seul.

L'équilibre fragile était rompu.

Comme Daisuke, Simon se laisse flotter maintenant dans le bassin, porté par l'eau et le chant d'Akiko, dans la fragilité de la connaissance nouvelle.

La connaissance fine de notre malheur permet-elle une vie meilleure ? Comme un vêtement qui s'ajuste bien sur notre corps et ne gêne plus nos mouvements ? La nudité en dessous. Enfin connue et protégée.

Simon peut maintenant le porter ou l'enlever, le vêtement. La nudité en dessous, il la connaît. Combien de temps pour accepter la complexité.

Au matin du lendemain, quelque chose en lui respire mieux, même s'il sait qu'il va falloir tout réajuster. L'eau chaude du bain l'a fait dormir d'un coup en rentrant la veille. Toute pensée tue. Mais ce matin en lui martèle le travail de l'évidence. Il ne peut plus rester à la place qu'il s'était assignée. Se considérer comme la victime offensée de l'amour et de l'amitié, c'était confortable. Douloureux et confortable. Clair en apparence. Et bien immobile.

Il a bougé. Un espace en lui s'est ouvert. C'est moins confortable mais il y a de l'air. Jusqu'où s'aventurer ?

Akiko l'attend devant une tasse de thé dans la grande pièce de vie. Il est décidé à se laisser aller à la journée qui vient, guidé par elle vers une autre île.

Il veut que ses pensées soient libres de vagabonder. Le mener où ?

Ils sont arrivés tôt. Le voyage par le ferry n'a pas été très long mais c'est un voyage quand même et c'était bien de commencer la journée sur la mer. Assis comme dans un bus, avec des habitants de l'île qui partaient visiter famille ou amis, peut-être acheter ou vendre. Akiko en connaissait beaucoup. À chacun, elle a présenté Simon comme on présente un ami venu de loin et il a répondu aux signes de tête, aux sourires.

Nara les attend au ferry. C'est une grande femme aux yeux très doux. Ils sont accueillis à bras ouverts. L'île est petite mais ils prennent un car qui les emmène sur l'unique route qui relie les deux seuls villages entre eux. La route ne couvre que la moitié du territoire. Le reste, c'est la forêt primaire. Simon observe tout sur le chemin. Cette île est bien plus sauvage que celle où vivent Akiko et Daisuke. Elle a été longtemps inhabitée explique Akiko. La végétation était trop hostile. Maintenant elle est un peu peuplée, environ deux mille habitants. Les deux villages vivent bien.

Ils arrivent dans celui de Nara.

Ici, les rues sont étroites et les maisons semblent très anciennes. Celle de Nara ne se distingue pas des autres. Elle ne paie pas de mine quand on la voit de la rue. Mais dès qu'on passe le préau, on se retrouve dans une grande pièce ouverte sur une véranda et le jardin. C'est l'atelier. Il occupe la place centrale. Là, les tissus, les fils, les métiers à tisser. Une foison de couleurs délicates suspendues à de hautes perches. Tout est à contempler. On mesure alors ce que la maison a d'exceptionnel. Il faut en avoir franchi le seuil pour découvrir ce royaume et Simon comprend la chance qu'il a de pouvoir le faire.

Des jeunes filles viennent chez Nara en stage pour apprendre le tissage et la teinture traditionnelle. Sa renommée dans le monde des créateurs est grande. Il y en a trois affairées chacune à leur tâche. Elles saluent sobrement d'un mouvement du buste et poursuivent leur travail. Avant d'apprendre à tisser, explique Akiko, elles apprennent à filer le fil de bananier. Il écoute les étapes imposées, leur utilité. Il découvre qu'il y a trois sortes de bananiers, ceux pour les fruits, ceux pour les racines qui se mangent aussi et ceux pour le fil. Il faut aller chercher les troncs vers les mangroves, les bananiers résistent aux typhons et forment une bonne protection. Ils sont précieux ici. Il faut trouver ceux qui seront les meilleurs, ne rien gâcher, en détacher les fibres, comme si on les épluchait. Puis diviser les lanières obtenues jusqu'à faire apparaître de grands fils. C'est un travail qui demande aux doigts d'être habiles et résistants. Enfin, il faut attacher les fils les uns aux autres pour pouvoir les tisser. Nara a tout appris de sa mère qui le tenait aussi de sa mère, elle sait comment rouloter les extrémités les unes aux autres de façon à ne faire aucun nœud. L'une des jeunes filles est assise sur le sol et elle fait tourner une roue de bois sur lequel le fil s'enroule pour faire une bobine.

Simon écoute, regarde.

Il est au cœur d'une tradition vivante.

Ici, la mémoire passe par les doigts les poignets, les mouvements des bras et ceux des jambes sous le métier à tisser. C'est à tout le corps que se transmet une connaissance ancienne. L'émotion qu'il ressent est inattendue. Il a la chance d'être là, présent, et de contempler ce qui n'a lieu qu'ici. Nulle part ailleurs n'existe un tel atelier.

Il écoute de toute son attention la traduction d'Akiko. Nara parle lentement.

De passer par toutes les étapes avant de tisser, cela permet de mieux connaître ce qu'on a entre les mains. Savoir ce qu'il en coûte de temps et d'effort pour obtenir le fil le rend précieux. On en connaît ainsi d'abord la valeur humaine et on aborde le tissage autrement. Ensuite le vêtement a le temps de se rêver, de se penser. Elle dit que l'inspiration lui vient au fur et à mesure de toutes ces étapes.

Simon pense qu'ici chaque geste se lie à un autre et entre dans un tout dont on comprend le sens, quelque chose de plus grand. C'est ça qui crée la valeur de chaque effort. Les gestes sont patients, les visages attentifs et beaux dans cette attention soutenue. L'espace est peuplé de sons légers, de cliquetis, de paroles échangées parfois. Il goûte sans retenue cette atmosphère où chacun a sa place. Il souhaite juste laisser sa pensée s'accorder à ce rythme.

Maintenant ils sont installés sous la véranda. Ils boivent le thé. Il écoute les deux amies parler. Nara est grande et, même assise, sa haute stature en impose. Elle a un sourire que Simon associe au mot "bonté". Elle porte un vêtement ample à la couleur rayonnante, un ocre chaud qu'elle a obtenu avec ses teintures. Akiko a opté pour un jaune lumineux aujourd'hui et Simon comprend que tous les vêtements d'Akiko viennent d'ici. Elles forment un tableau superbe toutes les deux. Akiko est différente, rajeunie par la proximité de son amie. Elles rient beaucoup. Leur joie à se retrouver est communicative.

Quand la fille de leur hôtesse les rejoint, il est frappé par quelque chose de grave chez la jeune femme. Et par la force qui émane d'elle.

Il sait qu'elle va dans la forêt couper les plantes dont sa mère a besoin pour ses teintures et il a mieux compris ce que cela signifiait en voyant la forêt dense qui les entoure. Ici la végétation est tropicale et la faune peut aussi être dangereuse. Il y a des serpents, et les fameux chats sauvages mais ils ne sortent que la nuit pour chasser, le rassure Akiko.

C'est une fille des contes anciens. Elle porte au côté une sorte de lame tranchante courbe et Simon pense à la harpè de Persée allant tuer Méduse. Namiko pose sa harpè. C'est elle qui sert maintenant le thé avec simplicité. Sa grâce est dans cette simplicité car elle n'a ni les attaches fines ni le sourire délicat. Elle est robuste et son visage reste comme tourné vers l'intérieur d'elle-même. Elle aide sa mère sans dire un mot. Soudain pourtant son rire se mêle à celui des deux femmes. Brusque et clair. Tout son visage alors s'épanouit et Simon revoit en un instant le visage de la petite fille de la taverne. Il essaie de se rappeler son prénom Umi ou Usi… seules les voyelles lui restent en mémoire le *u* et le *i*… quelque chose comme un souffle qui s'achève finement… un oiseau…

À quoi pensez-vous donc cher Simon ?

Akiko vient de le tirer de sa rêverie et il répond Au prénom de la petite fille de la taverne… j'essaie de le retrouver. Akiko sourit. Oh c'est la petite Usui, Fille de la pluie. Ça ne m'étonne pas que vous l'ayez remarquée, elle est étonnante pour son âge ! Simon pense que c'est plutôt l'enfant qui l'a remarqué, lui. Akiko traduit pour leur hôtesse et Namiko dit quelques mots. Il est surpris par sa voix très douce. Un contraste saisissant avec son physique.

Namiko dit que c'est un prénom très beau pour une petite fille puis pour une femme.

Et Namiko ? Cela a une signification ?

C'est Fille de la vague. Les Namiko sont réputées pour être dures à suivre… elles tiennent à leur idée sans se soucier de rien et avancent…

Namiko approuve la réponse d'Akiko de ce mouvement léger du buste en avant que Simon a déjà remarqué.

Il pense à la raie *Manta* et à son avancée silencieuse. C'est ainsi qu'il imagine Namiko progressant dans la forêt même si cela n'a rien de réaliste. Cette jeune femme l'impressionne.

Par la grâce des prénoms il se fait une place dans le cercle des trois femmes. Il n'a pas besoin de comprendre ce qui se dit. Être là, avec elles, lui suffit. Il se sent inclus.

Daisuke n'est pas venu. Dans cette maison il ne semble pas y avoir d'homme.

Un lieu dévolu aux femmes.

Et il y est introduit. Chanceux décidément.

Voilà quelque chose à raconter à Mathilde Mérelle.
Son esprit vagabonde.

Une amitié avec une femme se nourrit de quoi ? Le voilà à nouveau devant la terre qu'il n'a guère cultivée dans sa vie. Des maîtresses ardentes et éphémères et des camarades de travail avec lesquelles il n'entretenait rien d'intime, il a su en peupler sa vie dite privée. Il songe aux mots. Privée bien sûr. Privée de quoi ?

L'amitié, c'est autre chose.

Il l'a connue avec Mathieu. Une amitié fraternelle. Puis il n'y a plus cru.

Pour la première fois cependant il réalise qu'il a connu très jeune l'amitié et qu'il a aussi connu très jeune l'amour avec Louise.

S'il a délaissé l'un et l'autre depuis, cela ne signifie pas qu'il les ignore. L'amour et l'amitié lui ont été donnés un jour. La vie a été généreuse. Aujourd'hui son cœur s'en souvient. Ce matin, il peut remercier d'avoir connu cela. Après tout on peut passer une vie entière sans.

Que la trahison soit venue rompre tout n'empêche pas ce qui a existé. Il s'en souvient. Et il se redit, comme lorsque le souvenir du baiser lui a été redonné sur la plage, que cela lui appartient pour toujours. Cette pensée l'emplit d'une joie timide.

Et Louise, de quoi se souvient-elle ? Il s'est tenu si loin. Il l'a traitée en traîtresse et c'est stupide. C'était pratique. Elle l'avait trompé et avec son meilleur ami. La parfaite équation du vaudeville. Comment avait-il pu s'en satisfaire ? Oui le cordonnier est toujours le plus mal chaussé. Il en est bien la preuve.

Les voix d'Akiko et Nara, ponctuées des paroles rares de Namiko, font une musique qui l'enveloppe. Comme lorsqu'il "parle" avec Daisuke dans l'atelier.

Lui revient alors une phrase qu'il avait prononcée en séance avec un patient dont la cure n'avançait pas. "La rage c'est de ne pas réussir à aimer ce qu'on désire." Il y a des moments où une pensée trouve son expression juste sans qu'on la cherche. Les mots ont attendu sans doute longtemps et soudain quelque chose se formule. C'est l'évidence. Et c'est fort.

Le ciel envoie maintenant sa clarté jusque sous la véranda. Simon se redit la phrase qui avait orienté le travail de son patient. Il est toujours convaincu de sa justesse.

C'est alors qu'il se rend compte que Namiko est debout. Face à lui. Elle est aussi grande que sa mère, le regarde dans les yeux, ce qui, il le sait, n'est pas l'habitude ici, et lui parle de cette voix douce si peu accordée à son physique. Akiko traduit. Namiko vient de vous inviter à la suivre dans la forêt. Elle va chercher des plantes dont sa mère a besoin. Akiko ajoute qu'il est très rare que Namiko invite quelqu'un à la suivre.

Simon est honoré mais il ne peut s'empêcher d'éprouver une sourde appréhension face à cette jeune femme. Les sourires de Nara et Akiko l'encouragent. Sans doute les deux femmes ont-elles envie de se retrouver en tête à tête. Il se sent obligé d'accepter.

Il suit la grande jeune femme.

La forêt l'impressionne. Namiko l'impressionne.

Akiko l'a-t-elle senti qui lui a glissé Avec une telle guide vous pouvez être tranquille. Tranquille, non, il ne l'est pas mais décidé à saisir ce que la vie lui propose, oui.

La marche dans la forêt est aussi difficile qu'il le craignait. Namiko ouvre la voie d'un pas égal. Il est sûr pourtant qu'elle a ralenti son pas pour lui permettre de suivre. Elle coupe avec des gestes précis et sûrs ce qui pourrait le gêner. Parfois elle se retourne comme pour l'encourager. Elle ne sourit pas. Son visage est pourtant différent. Dans la forêt il est plus doux et Simon se rassérène. Il suit cette femme et se dit que la confiance, elle est là. Il met ses pas dans les siens. Comme il a suivi la raie *Manta* vers les récifs de corail.

Akiko lui a parlé des croyances des îles. Ici il y a des dieux qui protègent la nature et les habitants. Dans des temps très anciens, c'étaient les femmes qui prenaient soin du lien avec les divinités. Il voit en Namiko la persistance de ces croyances au XXIe siècle.

Elle vient de s'arrêter, s'accroupit souplement et lui fait signe. Il fait de même, décidé à suivre jusqu'au bout l'aventure.

La voix de Namiko chuchote. Elle penche le buste en avant. Dans un anglais maladroit elle lui indique qu'elle remercie. Elle répète *Thank, thank...*

Thank ? Mais Simon, lui, ne sait pas qui remercier. Ce n'est pas un homme de foi. Il ne sait pas prier. Il aimerait bien parfois. Mais pour prier il faut la foi. Sinon comment...

Par égard pour sa guide, il courbe la nuque et tente, lui aussi, de remercier. Comme elle, il parle à voix basse. Son chuchotement se mêle à celui de Namiko sous les arbres hauts qui les entourent.

Il trouve à remercier tout ce qui l'a mené jusqu'ici. Ce voyage qui lui ouvre un autre chemin pour voir sa propre histoire, décider de la suite.

Et peu à peu des mots viennent qu'il n'attendait pas. Est-ce la voix de Namiko, l'étrangeté de la situation ou les montagnes qui se dressent au loin, tutélaires. Sans réfléchir, il remercie

sa mère pour ses mains aimantes sur le costume du père mort

Louise pour son baiser d'une virginité absolue

pour la grâce qu'elle lui a faite en faisant de lui son premier amoureux, son premier amant

Il n'arrive pas à remercier Mathieu mais ce qui vient c'est le pardon qu'il lui demande pour tout ce qu'il n'a pas su, pas voulu voir. Pardon pour l'avoir réduit comme il l'a fait, comme les autres. Pardon pour n'avoir pas saisi la grâce de cet être ardent et si peu fait pour la vie ordonnée. Pardon pour l'eau qui l'a englouti sans qu'il puisse le sauver en vrai.

Les larmes de Simon coulent et il ne les retient pas. Il sait que Namiko ne le regarde pas, que son visage est tourné vers ses prières, à côté de lui et ça lui fait du bien.

Quand elle se relève, il se relève aussi. Elle va alors droit à une plante magnifique, poussée entre les arbres. Comment peut-elle pousser ainsi alors que la lumière du soleil semble si loin. La plante est haute, charnue et c'est le mot "fière" qui vient à l'esprit de Simon. Namiko se penche et coupe délicatement une lamelle dans le pied, sous les feuilles. Une couleur magnifique, d'un rouge intense, apparaît. Elle lève les yeux, dit quelque chose au ciel, aux dieux peut-être de la montagne, puis elle soustrait à la plante trois morceaux longs et étroits de ce rouge éclatant. Elle opère avec précaution, choisissant avec soin les endroits où elle prélève, parcimonieusement, ce qu'il lui faut.

Simon suit chacun de ses gestes experts. Et soudain il est saisi. C'est une évidence.

Cette plante au cœur rouge, c'est pour Mathieu.

Alors debout face à la plante, la seule prière dont il est capable lui vient. Il dit qu'il lui confie la danse archaïque de son ami, le rouge pour le rouge, il dit que là elle restera vivante, comprise enfin et nourrie et aimée.

Il dit qu'il ne sait pas s'il reviendra, mais que la tombe de son ami, elle est ici désormais pour lui et qu'il pourra en pensée s'y recueillir et prier pour la vie, la vie magnifique, la vie libre, la vie à explorer.

Il dit enfin qu'il sait que Namiko est une bonne gardienne.

Elle a ce geste inattendu, elle lui pose la main sur l'épaule et il voit son premier sourire dans la forêt.

Namiko poursuit sa récolte et il la suit. L'émotion profonde ne le quitte pas. Il a la sensation qu'elle s'empare de tout son corps, lentement. Il suit Namiko comme dans un rêve. Penser, il ne peut plus. Il ne cherche rien d'autre que ne pas perdre le pas.

Quand ils sont de retour à la maison de Nara, les deux amies sont avec les trois jeunes stagiaires dans la cour. Nara tourne avec une longue perche de bois les tissus qui sont en train de prendre la couleur dans des bassines posées sur des braséros. Elle veille au dosage, elle veille au temps. On sent que tout son art est là, concentré. Les jeunes filles observent chacun de ses gestes. Le silence est ponctué des paroles brèves de Nara qui sort un tissu, le regarde et décide si elle doit le laisser encore dans sa bassine ou l'en extraire. Les jeunes filles attendent, prêtes à se saisir des pièces teintes qu'elles déploient alors précautionneusement.

Akiko lui adresse un sourire et lui fait une place dans le groupe. Il s'absorbe dans la vue des tissus et des couleurs, dans ce silence. Il est comme engourdi par tout ce qui vient de se passer dans la forêt et la chaleur des braséros lui monte à la tête.

Namiko est partie déposer ce qu'elle a rapporté. Avant, il l'a vue montrer à Nara les trois morceaux de la plante rouge, son trésor, et Simon a vu le beau sourire de Nara. C'était le même sur le visage de Namiko. Entre la mère et la fille un lien de forêt, d'arbres et de plantes. Un lien rare. Il les envie.

Il s'éloigne au bout d'un moment du groupe et recherche la fraîcheur dans le grand atelier. Seul au milieu de tout ce qui fait la vie silencieuse de ce lieu, il laisse son regard se perdre vers le travail entamé sur le grand métier à tisser, vers les tissus qui attendent, la roue en bois posée sur le sol. Toutes les traces de ce travail interrompu comme dans l'atelier de Daisuke créent quelque chose de vivant. On sait que le travail reprendra, que les outils vont être tenus à nouveau par des mains patientes. Il se demande si quand on entre dans son cabinet on sent aussi l'empreinte du travail des mots. Les mots c'est dans les bouches, c'est dans l'air, c'est au fond des poitrines. Est-ce qu'un lieu s'en imprègne ?

Lui, il a pu prononcer des mots qui n'étaient jamais venus ni dans sa tête ni sur le divan du temps de son analyse ou de son contrôle. Ils étaient restés longtemps enfouis au fond de lui. Il les a découverts dans une forêt et maintenant il sent que ces mots ont ouvert le chemin. Il connaît le processus. Il agit où qu'on soit. Ça, la psychanalyse lui a appris.

Simon s'est allongé au pied du métier à tisser. Le lourd métier est installé sur une estrade en bois. Ici tout est à la fois rudimentaire et beau. C'est le fameux art *mingei*. Il pense à l'art *mingei* des mots. Les mots pauvres, les mots de tous les jours pour dire les choses au plus près. Il a dit merci il a dit pardon.

Peu à peu il se laisse aller à la paix du lieu. Il confie merci et pardon au métier à tisser. Chaîne et trame.

Pour la première fois il se demande ce qu'il va faire en rentrant. Il n'a pas de réponse. Et ce n'est pas grave. La question est posée.

Simon s'assoupit lentement.

Loin, très loin, sur une plage de l'île de son enfance, c'était la nuit encore lorsqu'il confiait la danse de Mathieu à la plante au cœur rouge. Les fuseaux horaires décalent le temps mais il y a dans le monde des liens invisibles entre les êtres. L'enfance en est un. Solide.

Entre Louise et Simon, il est toujours là.

Quand Simon, accroupi devant une plante, remerciait pour son baiser de jeune fille, Louise, à l'autre bout du monde, se mettait en route, sans bien savoir pourquoi.

Elle n'arrive pas à dormir. Depuis que Paul, le mari avec qui elle a eu ses deux fils retourne plus régulièrement dans son village de montagne, ça lui arrive souvent. Pourtant elle est habituée à la place vide dans le lit. Pour son travail déjà, il se déplaçait beaucoup.

Mais maintenant le déplacement c'est autre chose. Il est choisi. Elle le comprend, elle, rien ne peut l'arracher à l'océan.

Elle s'est levée. Pieds nus malgré la fraîcheur elle va respirer le jardin. C'est sa meilleure tisane. Elle distingue les parfums des plantes aromatiques qui sont là, toutes proches de la maison. Elle frotte un brin de menthe entre ses paumes. L'odeur fraîche.

La nuit est claire. Elle pourrait descendre à la plage sans s'éclairer, elle connaît le chemin par cœur.

Et la voilà qui enfile un pantalon et un pull, ses baskets et en route. Elle a pris sa torche électrique au cas où, hésite devant le portable. Elle réentend la voix de Paul qui lui serine Prends le portable quand tu pars seule, on ne sait jamais, soutenue par la voix de son fils aîné qui ajoute Maman, tes balades nocturnes toute seule c'est pas terrible, moi ça m'inquiète… Heureusement que son autre fils a ajouté ce jour-là Mais fichez-lui la paix, Maman sait ce qu'elle fait !

Oui elle sait ce qu'elle fait.

Elle laisse le portable sur la table de la cuisine.

Est-ce à ça qu'on se dit qu'on vieillit ? Le souci que les autres se font pour nous.

Simon y échappe, pense-t-elle, avec sa vie de moine. Personne pour se faire du souci pour lui. Sauf elle. De loin en loin. Elle a appris par Hervé son départ pour le Japon. Elle a pensé que c'était étrange. Pourquoi le Japon ? Maintenant elle ne sait plus rien de ce qui crée ses désirs.

Il n'y a que lui qui peut encore l'appeler Louison. C'est bête les choses qui traversent la tête quand on marche. Il n'y a plus que lui.

Louise avance sur le chemin étroit. Elle marche sur la bande d'herbe au centre pour éviter les cailloux. La nuit elle fait le moins de bruit possible, comme pour se fondre elle aussi dans les odeurs et l'obscur. Elle sait qu'elle a atteint la partie qui s'approche de l'océan par le parfum âcre des immortelles.

Ce parfum-là c'est vraiment celui de son île. Elle le respire à chaque fois avec délice.

Simon et Louison. Toute l'enfance embrassée. L'un pour l'autre garants et pour toujours que l'enfance a eu lieu, que tous les rêves ont bien été là et qu'eux, ils sont fidèles aux rêves même s'ils ne les ont pas réalisés.

Elle poursuit sa marche, pensive. Non, elle n'a rien réglé avec Simon. Il s'est détourné. Il lui en a voulu de le "trahir". Qu'avait-elle "trahi" ? Elle avait aimé Mathieu elle aussi. Comme une femme aime un homme. Et elle n'en avait rien à faire qu'il aime les garçons ou pas. Elle avait été littéralement emportée par le désir de Mathieu. Son corps à elle l'avait surprise. Plus rien n'existait que ce désir violent, total. Elle s'était laissé emporter mais elle s'était aussi révélée à elle-même dans cette étreinte. Libre. Passionnée. Tout entière occupée à son plaisir. Elle n'avait jamais connu ça. La liberté de Mathieu qui lui avait dit simplement Je veux savoir comment c'est avec une femme… avec toi Louison. La liberté du corps de Mathieu. Même aujourd'hui son corps se rappelle.

Pourquoi avait-elle eu si peur ? Elle n'avait pas voulu de ce que Mathieu lui montrait d'elle-même. Elle ne pouvait pas devenir cette femme que sa jouissance portait au-delà d'elle-même. Si loin. Et elle n'avait personne à qui en parler. Elle était avec Simon.

Quand Simon l'avait appris c'est parce que déjà Mathieu faisait ses paquets. Il les quittait, là, en pleine vacance dans leur paradis. Parce qu'elle lui avait dit que plus jamais.

Il avait fallu avouer pour que Simon comprenne. Mathieu lui n'avait rien dit. Il avait tourné le dos à celle qui n'assumait pas son plaisir.

Et Simon lui avait aussi tourné le dos.

Comment lui dire que c'était aussi pour sauve-garder leur vie à tous les deux, leurs rêves ensemble, qu'elle avait signifié à Mathieu qu'après cette fois, il n'y en aurait plus jamais d'autre. Mathieu s'était saoulé dans une taverne toute la nuit. Au matin quand il était rentré, il avait décidé de partir. Mais les mots de Simon, lancés dans une colère qu'elle se rappelle encore, étaient terribles. Mathieu ne répli-quait rien. Il leur avait seulement dit qu'il ne les reverrait plus jamais, ni elle ni Simon.

Il avait tenu parole.

Il avait choisi de nager trop loin. Et qu'on ne ra-conte pas que c'était un accident.

Elle est maintenant tout proche de l'océan, encore un chemin à traverser, qui coupe le sien, une petite haie et elle verra la masse sombre de la mer. C'est marée haute, elle connaît l'horaire des marées par cœur. Elle entend déjà les vagues.

Akiko a doucement réveillé Simon endormi au pied du métier à tisser. Elle a apporté une collation sous la véranda et l'invite à les rejoindre. Simon se rend compte qu'il a faim. Il mange avec un appétit qui réjouit tout le monde les spécialités préparées par Nara. Bientôt il se laisse happer par leurs présences légères. Retrouver ce monde-là lui fait du bien. Après le sommeil bienfaisant, l'émotion en lui commence à se transformer en parole claire.

Oui, il a aimé Mathieu et il a aimé Louise. Pas de la même façon mais l'amour est vaste. Et le désir a tant de nuances. Mathieu la nuit du feu et de la danse avait éveillé en lui une puissance érotique qui le dépassait. Il lui en avait toujours voulu, de ce trouble. Alors que c'était sur la force même de son désir que Mathieu le renseignait. Pour la vie entière. Il aurait dû l'en remercier.

Oui, merci pour ça aussi. Et tant pis pour le doute que cela semait dans son monde ordonné.

Avec Louise il avait été transporté au cœur de la douceur la plus profonde. L'innocence était préservée. Comment expliquer cela ? Comment s'expliquer à lui-même qu'au fond de lui, il savait qu'il y avait autre chose. Un désir puissant, sauvage, son vrai désir et c'est avec les amantes passionnées de passage qu'il a pu le retrouver. Ce désir-là, son intensité qu'il a tant recherchée, a mené toute sa vie amoureuse. Sa jouissance était à ce prix et il a payé content, après tout.

Il s'est longtemps raconté qu'il avait raté une vie heureuse avec Louise mais il n'aurait pas pu rester avec elle. Il avait trop besoin de retrouver la part sauvage de son propre désir. Et il savait d'instinct trouver celles qui l'éveilleraient. Pour ces moments-là il avait été capable de bien des choses. Il avait pris des trains, bousculé des rendez-vous. C'était un amoureux fou. Il avait besoin de brûler haut et fort. Besoin d'aller sur ce territoire où il n'y a plus que des corps tendus vers ce qui surpasse tout. Un ailleurs qui n'a cessé de l'attirer. Plus haut plus fort que tout ce que la vie offre. Un appel puissant.

Il aurait pu être un mystique. Mais lui c'est avec le corps des femmes qu'il trouvait l'au-delà. Et il ne s'en est pas privé.

Non, l'habitude et le confort du couple n'étaient pas pour lui. Même s'il en avait rêvé. Sa vérité, elle est là.

Aujourd'hui il se rend compte que c'est à Mathieu qu'il doit d'avoir été réveillé. Cet éros profond c'est Mathieu et sa danse sauvage qui le lui avait révélé. Et même si son désir à lui s'adresse au corps des femmes, et que cela a brouillé longtemps sa compréhension des choses, c'est quand même Mathieu qui en avait été le révélateur.

De cela il peut le remercier. Encore et encore. Il cherche le regard de Namiko. C'est en la regardant qu'il remercie intérieurement. Parce qu'elle fait le lien avec la plante au cœur rouge. Elle-même, il la voit comme une plante humaine, poussée dans la forêt pour être la fille de Nara.

Simon boit le saké qui lui est offert en se disant qu'il touche enfin à quelque chose d'essentiel.

Il voit sa vie clairement. Il n'est pas uniquement le joueur d'échecs réfléchi, le nageur, le psychanalyste à l'écoute patiente, l'homme à la vie sage. Il a été un amant fougueux, à la jouissance intense. Et sa vie, c'est tout ça.

Faire la paix avec Louise, ce serait bien.

Louise est arrivée en vue de l'océan.

Il faut un temps pour que son regard s'adapte à l'étendue de la plage, à ses replis vers la dune.

Elle ferait bien de prendre garde d'ailleurs à ne pas se tordre les chevilles sur les galets, ça donnerait raison à Paul et à Benjamin. Paul lui manque. Leur grande différence d'âge, elle ne la sent pas. Il a été son roc, celui qui l'a consolée quand elle était si jeune et déjà si meurtrie. Il lui a redonné confiance. Elle s'est appuyée à lui et l'aime toujours, profondément. Penser que dans l'ordre des choses, il disparaîtra avant elle, est insupportable.

Sa vision s'accoutume à l'étendue, assez bien maintenant pour interroger à nouveau la plage. Elle avance vers l'océan.

Les vagues sont noires. Elle ne voit rien.

Elle retire ses baskets, se rappelle quand elle ramassait les sandales de ses enfants qui eux préféraient courir pieds nus. Elle serre les doigts sur ses baskets en même temps que quelque chose lui bloque la poitrine. Elle n'ose pas aller nager la nuit quand il y a des vagues comme ça. Il y a du courant ici, c'est dangereux. Elle voit que les lacets ne sont pas mis correctement et machinalement, elle les refait. Ses doigts tremblent.

Entrer dans l'eau noire en pleine nuit, elle l'a fait. Il y a si longtemps. Renoncer à choisir elle-même. Laisser les vagues faire. Et accepter. Renoncer, c'est une autre façon de choisir après tout. Humble.
Simon ne voulait plus d'elle et Mathieu était mort. Elle, elle se sentait coupable de tout.

Elle repose les baskets sur le sable. Elle attend.
Elle, elle avait voulu la vie. Au dernier moment, elle avait retrouvé la force de nager jusqu'à la rive. Personne n'en avait jamais rien su. Même pas Paul. C'était son secret. Elle avait mesuré dans ses bras dans ses jambes la détresse de Mathieu qui lui n'avait pas fléchi.

Tout bas elle dit Ça va aller. Et elle a l'impression d'une présence près d'elle. Elle sait que c'est idiot mais c'est ce qu'elle sent. Une présence peut sauver. C'est bien ce qu'ils cherchent, tous ceux qui vont chez Simon, non ?
Elle s'avance vers l'eau noire. La fraîcheur lui enserre les chevilles. Elle a appris à marcher sur le bord maintenant, elle laisse l'eau mouiller le bas de son jean. Elle marche sur une plage et elle a quinze ans. Oui, elle a appris à marcher sur le bord. Le jean séchera quand elle rentrera chez elle et qu'elle boira quelque chose de chaud en attendant le lever du soleil.

Maintenant toute la petite troupe quitte la maison de Nara, les bras chargés des tissus. Namiko a mis dans ceux de Simon une grande pièce de tissu rouge. Il aime penser qu'elle a été teinte par la belle plante au cœur rouge.

Ils se dirigent vers la mer, traversent les mangroves. Simon a repris des forces. Il est fatigué par tout ce qu'il éprouve mais il sent que son corps de "jeune homme" répond bien à nouveau.

Ils arrivent à la mer et dans sa poitrine quelque chose de vaste s'ouvre. Après la forêt, entre ses côtes, le souffle large. La mer. Comme à chaque fois il ressent cette impression totale d'être au monde. Il ne pourrait jamais vivre sans la mer.

Akiko lui explique que l'eau va laver les impuretés des tissus et que le sel va fixer la couleur. C'est une étape indispensable. La dernière.

Simon se sent transporté dans une autre époque. Ici, tout est fait en prenant le temps. Avec seulement ce qu'offre la nature et elle est bonne pourvoyeuse. Les moyens du bord, affinés par l'industrie humaine au fil des générations. Rien ne s'est perdu de la transmission et Nara la poursuit avec ses stagiaires. Dans une simplicité qui, il le mesure, est une forme raffinée de luxe véritable.

Nara donne le signal en étalant un premier tissu dans l'eau transparente. Chacune en fait autant. Lui aussi.

Alors il voit Nara s'allonger dans l'eau, tout habillée, près du tissu. Sur le dos, elle se laisse porter par l'eau. Il n'y a pas de vague. Tout est calme. Et elle se repose.

Cette femme, abandonnée à la mer puissante, lui confiant toute la fatigue de son travail, le repos de son dos, un sourire aux lèvres, c'est un enseignement qui se poursuit.

Simon étale lui aussi la pièce de tissu rouge. Il fait les gestes en prenant soin de ne pas laisser des plis se former. Il sent le tissu mouillé sous ses doigts. Il regarde la couleur de l'eau, le bleu transparent et chaque pièce de tissu étalée, des aplats de couleur vive. Un tableau horizontal. Magnifique. Il ne perd rien de la beauté qui est ainsi offerte. Il contemple et d'un mouvement lent il s'étire longuement. Puis il se laisse lui aussi porter par la mer.

Il goûte, lui aussi, au repos de ce qu'il a accompli dans cette journée.

Est-ce qu'il s'est donné le droit à ce repos dans sa vie ?

A-t-il bien accompli son ouvrage de mots et de silence ?

Il revoit une posture, un bras, une main sur une poitrine. Des hommes, des femmes et cette envie de vivre finalement, tenace, qui les menait jusque chez lui chaque semaine. C'est auprès d'eux qu'il a nourri lui-même le terreau de sa propre vie. Tout est toujours réciproque. Il sait qu'il avait besoin de la présence des autres, là, dans son cabinet, à portée de voix, de murmure. Cette présence avait peuplé son existence sans qu'il y prenne garde. Cela lui avait tenu lieu de tout ou presque.

Eh bien aujourd'hui il a la mémoire de tout cela. C'est un trésor. Il a le sentiment qu'il pourra y puiser pour avancer. Seul. Il va "débuter" un autre temps de sa vie et à cet instant, il se sent fragile et confiant à la fois. La vie est bonne pourvoyeuse décidément. Pour peu qu'on lui laisse du champ libre. Le champ libre, il est venu le chercher ici et peu à peu il sent qu'il le trouve.

Toutes ces années n'ont pas été vaines.

La psychanalyse ne cherche pas la perfection. Surtout pas. Il s'est trompé sûrement parfois parce qu'il n'est qu'un être humain et que son imaginaire, ses propres projections, lui ont joué des tours. Mais il sait qu'il a écouté chaque voix avec la plus grande attention pour tenter d'entendre juste. Chaque être humain qui a franchi son seuil est venu aussi à la découverte de ce que serait débuter... même si on sait bien qu'on ne recommence jamais à zéro... Mais quand on vient s'allonger sur le divan d'un analyste, on cherche à débuter quelque chose de nouveau avec soi-même. Il faut quelqu'un en qui on a confiance. Une confiance totale.

Il a essayé d'être à la hauteur de cette confiance.

Il a estimé chacune des femmes, chacun des hommes qui avait franchi son seuil et qui avait tenté l'aventure. Il savait leur risque et péril pour l'avoir lui-même vécu.

Aujourd'hui il sent qu'il le sait mieux encore.

Son cœur est désencombré.

Il aimerait pouvoir se confier à Madame L. Il a une pensée pour cette femme qui avait été son analyste, puis son contrôle quand il en avait besoin. Beaucoup au début puis juste pour les cas épineux. Il lui avait parlé du départ de Lucie F. Elle avait souri Cela arrive Simon. Il lui avait avoué la dernière séance comme s'il avait commis une terrible erreur. Son "faire le ménage", c'était stupide, trivial.

Eh bien considérez que vous lui avez en même temps tendu le balai mon cher Simon. Et elle lui avait raconté l'histoire d'un balayeur qui taillait et sculptait des balais pour les moments différents de la vie. Tout lui revient maintenant. Avait-il sculpté le bon balai pour Lucie F. tout ce temps ?

Sa chère Madame L. Il pouvait compter sur elle, même si c'était devenu rare.

Elle s'était éteinte paisiblement il y a quelques années.

Aujourd'hui il mesure le rôle qu'elle a joué dans la transmission. C'est Nara qui le lui a rappelé. Son regard bienveillant. Sa tranquillité.

Lui aussi peut-être pourrait assurer cette place auprès de jeunes confrères.

Transmettre le mieux possible ce qu'il avait appris.

Aider ceux qui comme lui se sentent appelés à faire cet étrange métier.

Quand il est temps de rapporter les tissus à la maison, Simon s'occupe du sien avec le soin qu'il voit dans les mains des autres. Le tissu est lourd. Il faut de la force pour le sortir de l'eau. La nage quotidienne lui a redonné des bras vigoureux. Il essaie de ne pas froisser le tissu, de le plier comme les autres le font avec une grâce dans les gestes qu'il leur envie.

Et il revoit Lucie F. son sac à l'épaule à l'aéroport.

La grâce dans les gestes, à l'aéroport, elle l'avait.

Oui, cette femme-là était légère, heureuse. Elle n'avait besoin de rien d'autre que ce qu'elle était en train de vivre. On le sent parfois chez certains êtres. Ils dégagent une joie tranquille, communicative. Simon sourit. Peut-être après tout a-t-il été un peu utile dans la vie de cette femme. Il ne le saura jamais mais son allure, sa paix, il les a perçus.

Akiko et Simon sont restés dans la maison de Nara
cette nuit-là. Akiko n'avait pas envie de rentrer et
Simon l'a rassurée. Dormir chez Nara, ça lui allait
très bien. Après le repas et le saké qu'ils ont parta-
gés dans une atmosphère paisible et joyeuse sous la
véranda, il sent qu'il pourrait dormir n'importe où.

Le sommeil ne tarde pas quand il s'allonge. Les
rêves non plus.

Cette nuit-là il fait l'amour longuement, passionnément. Dans son rêve la femme est grande. Il ne
voit pas son visage mais il sent sa chaleur, sa douceur, une odeur de forêt et il retrouve un élan érotique qu'il connaît bien. Tout son corps est appelé
à nouveau. Faire l'amour est le seul acte qui l'emporte aussi intensément, qui lui fait atteindre
quelque chose d'autre que la chair, par la chair. Il
se laisse emporter. Le rêve-t-il, ce corps qu'il caresse,
prend dans ses bras, cette chevelure que ses mains
tiennent comme un trésor palpable. Les épaules de
la femme robustes et douces, un corps de nageuse.
Est-ce Louise revenue d'entre les rêves. Ils nagent
et leurs lèvres se touchent. Mais cette fois ce n'est
plus le timide premier baiser de la jeune fille c'est
un baiser qui sait ce qu'est la volupté. Il embrasse

comme il n'a plus embrassé depuis si longtemps. La bouche de l'autre est une grotte merveilleuse, celle d'où sortent toutes paroles. Il caresse de la langue, tous les sens en éveil, l'intérieur de cette bouche offerte. Il caresse les paroles silencieuses. Il les retrouve en lui, ces paroles tues de l'amour. Tout son corps se tend vers celui de la femme qui s'offre si bien à lui, dans un abandon qui le bouleverse. Il voudrait la tenir contre lui pour toujours.

Il sent une main s'emparer de son sexe, le caresser, le guider vers la jouissance pénétrante. Tout en lui alors se réunit et se diffracte à la fois dans une joie rayonnante.

Quand il se réveille, le corps encore vibrant de plaisir, il a la sensation d'une présence dans l'espace que Nara lui a préparé entre de légères cloisons de tissus suspendus aux poutres hautes. Est-ce le vent ou son rêve ? Il n'y a personne.

Il ne le saura jamais.

Mais son corps désirant vient de lui être redonné.

Sa main caresse le drap auprès de lui. Et il revoit le grand tissu rouge dans la mer.

Alors dans la paix de cette nuit merveilleuse, il sait que la vie n'est pas juste, qu'elle emporte les uns dans l'obscur et comble les autres. Cette nuit c'est à son tour d'être comblé et de cela il peut remercier aussi. Sans poser de question.

La mort de Mathieu n'appartient qu'à Mathieu. Elle n'appartient ni à lui ni à Louise. On s'empare des actes qui nous font du mal. On croit, on voudrait, y avoir joué le rôle principal même si ça fait mal, juste pour ne pas être totalement impuissant face à ce qui arrive. Mais toutes ces années lui ont appris que ce qui se passe dans le cœur et la tête de chacun n'appartient qu'à celui dont le souffle anime et ce cœur et cette tête. C'est le cœur de la plante. On n'est maître de rien. On peut juste accepter et mettre tout son art, toute sa vie, à comprendre ce qu'est le fil de l'eau, le sens du bois, le rythme des choses sans nous. Et c'est un travail et c'est une paix que de s'y accorder enfin. La seule vraie liberté.

Simon garde les yeux ouverts dans la clarté laiteuse du matin. Il voit la lumière du jour redonner peu à peu à chaque tissu sa couleur. Il ne se rendort pas.

Quand ils rentrent, Daisuke les attend. Il les emmène dans le jardin, jusqu'au Pavillon des Coupes cassées. Cette nuit, il a fini de réparer une belle pièce. Elle appartient à Nara. Elle sera heureuse de la retrouver au prochain voyage d'Akiko.

Simon se dit qu'il ne sera plus là. Qu'il ne verra pas le beau sourire de Nara quand elle prendra la coupe des mains d'Akiko.

Il va repartir.

Il en parle à ses hôtes qui ne lui ont jamais demandé combien de temps il comptait rester.

Encore quelques jours à parfaire ce qu'il sent être le début de quelque chose. Il a besoin de fixer lui aussi les nouvelles couleurs, de laisser s'imprégner tout ce qui l'a mené jusqu'où il est maintenant.

Il n'est pas étonné que Daisuke lui propose de retourner aux sources chaudes. Cette fois ce sera sans Akiko.

Les deux hommes ont donc refait le chemin. C'est Simon qui conduit, Daisuke le guide. C'est étrange pour Simon de conduire ici. Au début il scrute chaque tournant s'attendant à il ne sait quoi. Mais peu à peu il se détend, et gare la voiture sur l'esplanade.

Dans le bassin aux eaux brûlantes, cette fois, il sait ce qu'il faut faire. Il a plaisir à retrouver les gestes et le bruit de la cascade.

Le silence de Daisuke l'accompagne.

Cette fois Simon lui aussi plonge la tête sous l'eau. Son corps s'est habitué à la chaleur intense et il ne craint plus de le faire. Il découvre alors combien cela décuple le sentiment de délivrance, d'abandon à tout.

Le cœur s'ouvre infiniment dans cette chaleur. La tête aussi. Plus rien ne fait obstacle.

Alors revenant à la surface Simon entend un chant. Akiko n'est pas là et il n'ose pas demander à Daisuke qui chante. Peut-être personne. Peut-être, comme cette nuit chez Nara, ne saura-t-il jamais s'il y a vraiment quelqu'un.

Il écoute la voix qu'il entend comme si elle murmurait à son oreille.

Daisuke dans son anglais maladroit lui dit que c'est le conte de la raie *Manta*.

Simon se laisse pénétrer par le chant.

Le chant lui dit qu'il a été aimé qu'il a aimé et qu'il aimera à nouveau.

Il y a des moments où tout l'être est ainsi appelé. Rappelé. Il y faut un cœur désencombré. Corps esprit cœur sont enfin unis. C'est ce moment que vit Simon. La vieille rage est morte. Il comprend de tout son être que le début de tout, c'est bien de pouvoir aimer ce qu'on désire.

Il pense à l'expression Paix à son âme. Il ne sait pas si Mathieu aurait souhaité la paix mais lui, oui, la paix, il la veut. Quant à son âme…

Il en a ici la conviction, lui qui a toujours laissé cette question de côté, l'âme, c'est un instant, c'est tout. Juste un instant.

Ce n'est ni un état ni quelque chose de mystérieux qui nous serait donné comme le corps nous est donné pour vivre cette existence.

L'âme, c'est un mouvement. Fugace.

On l'atteint quand tout de notre être s'unifie pour pouvoir, dans un élan, se mêler enfin à tout ce qui n'est pas nous.

Il n'y a pas d'état d'âme. Il y a des moments d'âme. C'est ce qu'il est en train de vivre.

Il n'a jamais fait partie de ceux qui se tournent vers une religion. Pourtant il a foi dans l'être humain. Dans sa capacité à aller jusqu'aux confins ignorés.

Ici, dans la nuit qui vient, il n'y a rien d'autre que des âmes et de l'eau sur la peau.

Il a le sentiment bienheureux qu'il y est. Enfin.

Maintenant seulement il comprend le magnifique saut de la raie *Manta*.

Trouver l'élan qui fait prendre le risque de quitter son eau.

L'élan qui rassemble tout.

Il n'y a pas d'autre façon de conquérir, un à un, chaque instant d'âme. Et d'éclairer, un peu, chaque fois, l'obscur de notre vie.

Le 16 avril 2021 à La Rochelle

REMERCIEMENTS

Mes remerciements vont à la mémoire de Claudie Cachard qui fut ma psychanalyste.

Et aussi à mes ami(e)s psychanalystes que je vois œuvrer depuis des années avec une humilité et une humanité qui ne se démentent pas et me touchent profondément. Merci particulièrement à Anny, Martine, Claude et Marie-Christine. Un clin d'œil particulier à Martine pour sa réflexion sur ses agendas.

Mes remerciements vont aussi à Isabelle Dupuy Chavanat, coréalisatrice du très beau documentaire *Au fil du monde – Japon* (Arte, 2017). J'ai découvert ce documentaire alors que l'écriture de *La Patience des traces* était déjà entamée et que j'avais déjà nommé Akiko. Une belle coïncidence doublée par celle de la rencontre avec Isabelle, voisine arlésienne d'une amie. Grâce à ses images j'ai pu rêver et me représenter la petite île d'Iriomote. J'ai pu aussi suivre et apprécier le patient travail de tissage et de teinture.

Le livre de Mathilde Mérelle sur les tissus anciens du Japon est un livre offert par mon amie d'enfance Elisabeth. Je l'en remercie ici. Il s'agit de *Textiles du japon*, paru chez Citadelles et Mazenod en 2019. Une merveille.

Enfin je remercie pour leurs toujours fidèles premières lectures Françoise, Guillaume et Thierry.

Merci aussi à la lecture qui me fut précieuse de Jean-Paul.

Et merci à "ma dear" Myriam, mon éditrice œil de lynx.

DU MÊME AUTEUR

Romans, nouvelles, récits

ÇA T'APPRENDRA À VIVRE, Le Seuil, 1998 ; Denoël, 2003 ; Babel n° 1104.

LES DEMEURÉES (prix Unicef, prix du livre francophone de Lituanie), Denoël, 2000 ; Folio n° 3676.

UN JOUR MES PRINCES SONT VENUS, Denoël, 2001.

LES MAINS LIBRES, Denoël, 2004 ; Folio n° 4306.

LES RELIQUES, Denoël, 2005 ; Babel n° 1049.

PASSAGERS, LA TOUR BLEUE D'ÉTOUVIE, Le Bec en l'air, 2006.

PRÉSENT ?, Denoël, 2006 ; Folio n° 4728.

LAVER LES OMBRES (prix du livre en Poitou-Charentes), Actes Sud, 2008 ; Babel n° 1021.

LES INSURRECTIONS SINGULIÈRES (prix littéraire des Rotary Clubs de langue française, prix Paroles d'encre, prix littéraire de Valognes, prix du Roman d'entreprise, prix du Scribe et prix des Mouettes), Actes Sud, 2011 ; Babel n° 1152.

PROFANES, Actes Sud, 2013 (grand prix RTL-*Lire*, prix Participe présent 2015) ; Babel n° 1249.

PAS ASSEZ POUR FAIRE UNE FEMME, Thierry Magnier, 2013 ; Babel n° 1328.

OTAGES INTIMES (prix *Version Femina*, prix Libraires en Seine, prix Jackie Bouquin), Actes Sud, 2015 ; Babel n° 1460.

L'ENFANT QUI, Actes Sud, 2017 ; Actes Sud audio (lu par l'auteur), 2017 ; Babel n° 1624.

CEUX QUI PARTENT, (prix des Lecteurs de Corse 2020), Actes Sud, 2019 ; Babel n° 1764.

Jeunesse
Parmi lesquels :

SAMIRA DES QUATRE-ROUTES (grand prix des jeunes lecteurs PEEP), Flammarion Castor-Poche, 1992 ; Flammarion Jeunesse, 2018.

VALENTINE REMÈDE, Thierry Magnier, 2002 ; nouvelle édition, 2015.

LE RAMADAN DE LA PAROLE, Actes Sud Junior, 2007.

UNE HISTOIRE DE PEAU, Hachette Jeunesse, 1997 ; Thierry Magnier, 2012.

VIVRE C'EST RISQUER, Intégrale (comprend quatre ouvrages parus aux éditions Thierry Magnier : *QUITTE TA MÈRE*, 1998 ; *SI MÊME LES ARBRES MEURENT*, 2000, prix du livre jeunesse Brive ; *LA BOUTIQUE JAUNE*, 2002, prix Leclerc du roman jeunesse ; *UNE HEURE UNE VIE*, 2004), Thierry Magnier, 2013.

DANS MON PAYS D'INCERTITUDE (illus. Maïté Grandjouan), Thierry Magnier, 2019.

Albums

LE PETIT ÊTRE (illus. Nathalie Novi), Thierry Magnier, 2002.
PRINCE DE NAISSANCE, ATTENTIF DE NATURE (illus. Katy Couprie), Thierry Magnier, 2004.

Essai

ET SI LA JOIE ÉTAIT LÀ ?, La Martinière, 2001.

Textes poétiques

NAISSANCE DE L'OUBLI, Guy Chambelland, 1987.
COMME ON RESPIRE, Thierry Magnier, 2003 ; nouvelle édition, 2011.
NOTRE NOM EST UNE ÎLE, Bruno Doucey, 2011.
IL Y A UN FLEUVE, Bruno Doucey, 2012.
DE BRONZE ET DE SOUFFLE, NOS CŒURS (gravures de Rémi Polack), Bruno Doucey, 2014.
LA GÉOGRAPHIE ABSENTE, Bruno Doucey, 2017.
L'EXIL N'A PAS D'OMBRE (prix coup de cœur du prix de poésie Vénus Khoury-Ghata), Bruno Doucey, 2019.
LE PAS D'ISIS, Bruno Doucey, 2022.

Théâtre

MARTHE ET MARIE, chorégraphie Carol Vanni. Création Théâtre du Merlan, Marseille, 2000.
L'EXIL N'A PAS D'OMBRE, mise en scène Jean-Claude Gal. Création Théâtre du Petit Vélo, Clermont-Ferrand, 2006.
JE VIS SOUS L'ŒIL DU CHIEN suivi de *L'HOMME DE LONGUE PEINE*, Actes Sud-Papiers, 2013. Création Théâtre du Bocage, Bressuire, 2015.

OUVRAGE RÉALISÉ
PAR L'ATELIER GRAPHIQUE ACTES SUD
ACHEVÉ D'IMPRIMER
SUR ROTO-PAGE
EN NOVEMBRE 2021
PAR L'IMPRIMERIE FLOCH
À MAYENNE
POUR LE COMPTE DES ÉDITIONS
ACTES SUD
LE MÉJAN
PLACE NINA-BERBEROVA
13200 ARLES

DÉPÔT LÉGAL
1ʳ ÉDITION : JANVIER 2022
N° impr. : 99496
(Imprimé en France)